U0066057

Le Petit Prince

小王子

Sió Ông-tsú

台語版

Antoine de Saint-Exupéry —— 著

蔡雅菁 —— 譯　黃震南、鄭順聰 —— 審訂

呂芊虹、陳家希 —— 繪

各章開頭附 QR Code
全台語朗讀線頂聽

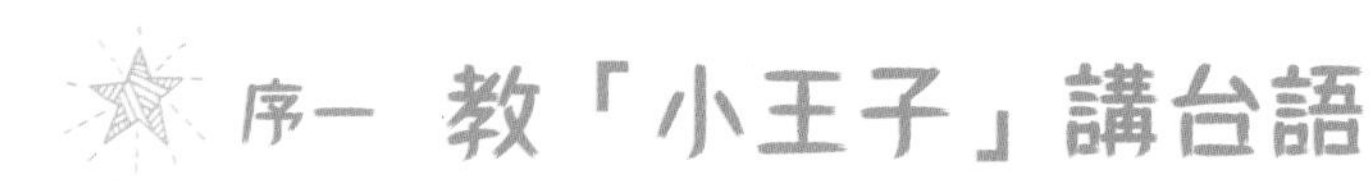

序一 教「小王子」講台語

黃震南（藏書家、本土語文教師）

彼工收著雅菁寄來的冊稿，予我真歡喜。世界有名聲的故事《小王子》，雅菁共伊翻譯做台語文矣！

其實佇台文界，無人聽過雅菁的名號。理由真簡單，因為伊佇翻譯《小王子》進前，根本毋捌寫過台文作品。這完全是伊家己骨力、綿爛學習的成果。

欲教小王子講台語進前，雅菁家己愛先學台語。伊無蹛台灣，佇伊彼搭無人會當佮伊講台語，伊就用細漢使用母語的記持，共家己的話若揫索仔咧揫轉來：先讀《小王子》原文，才用伊家己的母語講一擺，閣用教育部的台灣閩南語常用詞辭典揣出正字，按呢一字一字、一句一句，教小王子講台語。

教小王子講台語的過程，其實就是教家己講台語，小王子佮翻譯者的形影敢若敆做伙矣。敢講毋是？《小王子》的故事，就是一直探險佮成長的旅途，佮已經予華語洗腦甲蓋徹底的咱這代，這陣才想欲共台語抾轉來，又閣揣無先的通教，只好佇各種台語字典和網路資源那做那學，實在足成的。

雅菁共冊稿寄予我的時，其實伊已經共小王子（嘛是伊家己）教台語教甲真透機矣，毋過伊猶閣無放心，央我鬥審訂用字。我嘛是不止仔家婆，對頭到尾斟酌共稿巡一擺。因為伊本來就逐字去查過，用字袂去重耽，我修改的攏是一寡語詞佮語法，若有淡薄仔「阿啄仔款」抑是「華語形」，就共伊建議修做較正港的講法。譬論「伊恬恬踮佇一山坪空的佮一山坪猶袂開的酒矸仔頭前」，這種遮爾長的語句，可能是對外國原文直接翻過來的，毋過咱台語通常會共切做兩句講；有的詞我嘛刁工共伊替換一下，展出語言的多元佮活潑，本土味嘛較厚，「喘一口氣」我就改「敨喘」，「裝巧」（假影家己真聰明）我就改「假博」，「真細」我有的就共改做「細粒子」按呢。

雖然講九成以上，猶原是雅菁寫的，我干焦淡薄仔調整咧爾爾，毋過規本冊讀過巡過，嘛了真濟時間。就可比小王子共狐狸「教乖」，我了精神、落工夫佮「小王子」鬥陣、盤撋，去讀有伊的意思，才查字典去揀一个我感覺上適合的語詞去共鬥峇。到尾仔，《小王子》的文字有我的氣口，我嘛佇審訂的過程中，查著誠濟婧氣的古早話，互相影響。莫怪講小王子教狐狸教到最後，兩个人攏需要對方，對方攏是獨一無二的。

台語的復興，就是按呢的過程。這本《小王子》可能對你來講無好讀，有的字會予你頓蹬一下，有的詞可能從到今都毋捌聽過。毋過無要緊，沓沓仔你會感受著語言的媠，下愈濟工夫去讀、去聽，就愈會當體會語言的重要性——「你為著你的玫瑰所消磨的時間，才予你的玫瑰變甲遐爾重要。」

我向望各位朋友咧讀這本《小王子》的時，毋但欣賞故事的新奇趣味，嘛因為這本冊，予家己的台文旅程開始起行，就親像咱可愛的小王子仝款。

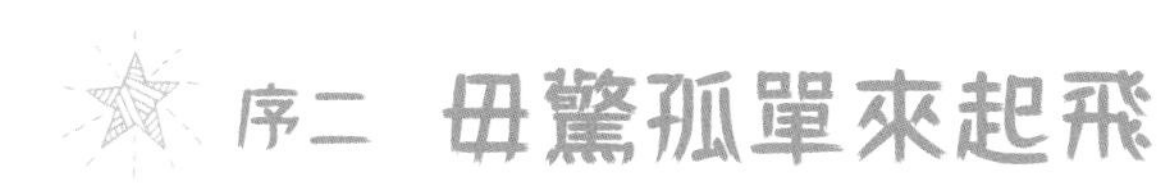

序二 毋驚孤單來起飛

鄭順聰（作家）

代先，你著愛做一个正港的囡仔，共「大人」彼不答不七的臭彈囥一邊，予「囡仔性」無站無節；紲來，你就愛共飛行員和小王子所講的故事當做誠實的，「有耳無喙」毋是咧罵人，是講古的才調；落尾，緊走轉去你的「祕密基地」，毋管是拋荒真久，或者扗起好蓋燒烙，《小王子》上內底，有物仔當咧呼你。

孤單。

因為孤單，所致，佇咱性命的時間之流無停煞的某一个歇喘，《小王子》就會出現，看顧咱的祕密基地，講彼無站無節的故事，飛過一粒一粒的星球，享受做囡仔的自由無束縛。

咱著來認捌孤單。

佮意小王子，咱有五億一百六十二萬兩千七百三十一个理由（生理人算出來的），讀台語版，排頭位的理由是：媠氣。

活靈靈的台語，予故事內的人和動植物夠鋩夠角；台語的氣口是蓋濟款，論說事項真好勢，帶特殊的氣味；上活潑的是對話，若親像人就佇厝邊頭尾，有來有去有影是婧氣。

按呢無夠，台灣有史以來第一本刊印出來的台語《小王子》，閣有專業配音老師的唸讀，毋但做台文的輔助、教材的補充，閣較成廣播劇，是聲音的精彩表演，讀者通聽著台語的聲韻變化，閣有心情和感情的展現。

會當講，前衛版的《小王子》的確是飽滇掛齊勻。

佇台語標準化徛起、勻勻仔湠開的拄起步，外國經典的翻譯不止仔重要。《小王子》進前已經有《悲慘世界》，閣較早嘛有蓋濟無仝文字系統的翻譯。而且踮網路頂，上無有三个版本的台譯《小王子》，閣有濟濟人當咧翻或者是想欲翻……恁看著的這个版本，才拄起步。伊毋是十全的，內底足濟字句愛閣斟酌，加減有寡翻譯腔、華文氣。就配音來講，干焦是優勢腔，唸予端的貫串爾爾，向望未來的台譯《小王子》，有無仝腔口的配音（小王子按別个星球來的，敢會和飛行員仝腔？）

才起步爾爾啦！可比幼穎仔拄暴出來，家己想欲翻、想欲配音的恁，定著愛蹽落去，你看華語幾若十種的版本，就無人嫌濟。台語的氣口和腔口百百款，你嘛會當來翻，予台譯《小王子》毋但是一粒星、兩粒星，是滿天的星閃閃爍。

想起我做囡仔時，文化環境猶毋是蓋好，課本掠外，厝裡就無別項冊矣。有一工，毋知佗一位親情的半本《小王子》送予阮兜，散學轉厝無聊時，我就掀來看，看到小王子欲去遠兜的行星弄險時，頂集就煞矣。

我就真好玄，直直咧想彼小王子後來拄著啥物人？發生啥物代誌？佇我頭殼內底咧遨，咧想，愈想愈遠，愈想愈譀，我的文學想像，就是按呢成的，是半本《小王子》牽成的。

無疑悟，我的文學弄險，毋但拄著小王子，閣用我的母語來說分明，有影是世界歡喜。

紲落來，掀到後一頁，翕 QR Code 放聲出來，坐飛行機來起行。佇咱性命的時間之流看無盡磅的彼爿面，咱就欲和講台語的小王子見面囉！

獻予黎旺・韋地 (Lê-ōng Uí-tē , Léon Werth)

我欲將這本冊來獻予一个大人，所以愛先共 (kā) 囡仔人會失禮。我有一个真重要的原因：這个大人，是我這世人上蓋好的朋友。我閣有另外一个原因：伊啥物攏捌 [1]，連寫予囡仔人的冊伊嘛攏看有。我猶閣有第三个原因：這个大人蹛佇 [2] 法國，佇遐 [3] 食袂 (bē / buē) 飽閣睏袂燒。伊誠 (tsiânn) 需要有人安慰。若是遮的 [4] 原因猶閣無夠，無我就將這本冊獻予這个大人猶閣細漢的時陣。所有的大人嘛攏做過囡仔（毋過 [5] 真少人會記得）。所以這馬我來共獻詞改一下：

獻予細漢時陣的黎旺・韋地

1 音 bat，懂、認識。

2 音 tuà tī，住在。

3 音 hia，那裡。

4 音 tsia-ê，「遮」是「這、這裡」，「遮的」當複數指示形容詞為「這些」之意，若為指示代詞讀成tsia--ê。若當指示形容詞「這裡的」，則拼寫作 tsia ê。

5 音 m̄-koh，不過。

1

我六歲的時陣，有一擺佇咧一本講原始森林 (sim-lîm)，號做《真實故事》的冊內面，看著一張足驚人的圖，畫一尾錦蛇 (gím-tsuâ) 拄咧[1] 吞一隻野獸。彼張圖就是這款樣。

冊內底閣講：

「錦蛇是免哺[2] 就共規隻獵物 (lia̍p-bu̍t) 吞落去的。吞落腹肚了後，伊煞來無法度振動 (tín-tāng)，所以愛睏六個月來共伊消化掉。」

彼當時我捷捷[3]咧想遐的深山林內的冒險故事，我家己嘛去提一枝彩色蠟筆，成功畫出我的頭一張圖。我的第一號圖是生做按呢：

我共這張傑作 (kiàt-tsok) 提予大人看，問個 (in) 看著這張圖敢有驚甲吣吣掣[4]。

個共我應講：「一頂帽仔有啥物好驚？」

我畫的圖才毋是帽仔。我是畫錦蛇咧消化一隻象。所以我共錦蛇的腹肚內嘛畫出來，欲予遐的大人嘛攏看有。啥物代誌攏愛共個解說甲清清楚楚。

我的第二號圖是生做按呢：

遐的大人建議我莫 (mài) 閣畫遮的錦蛇的圖，毋管是看會著腹肚內抑是看袂著的，閣叫我愛較認真讀地理、歷史佮 (kah) 文法。所以佇六歲的時陣，我就放捒[5]做畫家這个袂穤[6]的頭路。彼兩張圖畫了失敗，予我感覺真失志。大人家己啥物攏毋捌，囡仔人就愛足辛苦的，逐擺嘛愛共個解說甲清清楚楚。

所以我捒著另外一項頭路，去學 (o̍h) 駛飛行機 (hue / hui-hîng / lîng-ki)。我佇咧全世界飛來飛去。地理確實對我足有幫助。我影一下就知影是中國抑是美國的亞利桑那州 (A-li-soo-na tsiu)。檢采[7]暗時摸 (bong) 無路，這款智識就誠有路用。

我這世人 (tsit-sì-lâng) 佮足濟 (tsē / tsuē) 嚴肅的人交插[8]過幾若 (kuí-nā / ā) 擺。我佮大人鬥陣生活袂少時間。我倚 (uá) 近斟酌共個看予詳細，對個的印象嘛是無較好。

三不五時若是拄著一个看起來較巧的人，我就提出一直保存的第一號圖來共伊做實驗。我想欲知影這

个人是毋是真正有了解。毋過見擺個的答案攏是：「彼 (he) 是一頂帽仔。」所以我就免佮個講錦蛇、講原始森林抑是講天頂的星 (tshinn / tshenn)。我將家己的水準降甲像個的，佮個講跋 (pua̍h) 牌仔、講 goo$_{33}$ lu$_{55}$ huh$_{3}$[9]、講政治抑是講 ne$_{33}$ kut$_{5}$ tai$_{51}$[10]。遮的大人就會足歡喜佮一个捌代誌的人有熟似 (si̍k-sāi)。

1 「拄」音 tú，剛剛。tú-leh，正巧在、剛好在。

2 音 pōo，咀嚼。

3 音 tsia̍p-tsia̍p，常常。

4 音 phih-phih-tshuah，因恐懼而發抖之意。

5 音 pàng-sak，又唸作 pàng-sat，放棄、遺棄。

6 音 bái，差勁、醜陋、惡劣之意，此處「袂穤」指「不錯」。

7 音 kiám-tshái，如果、或許、萬一、說不定。

8 音 kau-tshap，往來、交往。

9 高爾夫，英語 golf，以日語外來語ゴルフ音譯。

10 領帶，英語 necktie，以日語外來語ネクタイ音譯。

我家己一个人的日子過六年去，也無啥物人會使真正佮我開講，一直到六年前，有一擺飛行機佇撒哈拉沙漠 (Sa-ha-lah sua-bo̍k) 歹 (pháinn) 去。有啥物物件卡佇我的 ian_{35} jin_{51}[1] 內底。因為我毋捌𤆬[2] 師傅、嘛毋捌載別人，我就愛家己一个冏試看覓，遐歹修理毋知影創會好勢無。對我來講這是一件拚生死的大代誌。我賰的[3] 水干焦[4] 有夠啉 (lim) 八工爾爾 (niā-niā)。

頭一暝 (mê / mî) 我佇偏僻的沙漠中睏去，四箍輾轉 (sì-khoo-liàn-tńg) 攏無半个人影。我比跋[5] 落海浮佇竹棑仔[6] 頂懸 (kuân) 的人閣較孤單。透早天拄光的時陣，去予一个足細的聲音共我吵精神，恁 (lín) 免想嘛知影我有偌 (guā / luā) 驚惶 (kiann-hiânn)。伊講：

「請你畫一隻羊仔予我！」

「啥貨？」

「畫一隻羊仔予我！」

我掣一下煞趒[7]起來，親像去予雷舂[8]著。我共目睭挼 (juê) 挼看予斟酌，見著一个足古錐的囡仔人掠我金金看。這就是我落尾畫伊的上媠 (suí) 的一張

這是我後來替伊畫了上媠的一張像。

像，毋過我畫的當然無伊本人遐好看。

這袂當怪我。自六歲的時陣，大人共我想欲做畫家的志願潑冷水了後，我就無閣咧學畫圖矣 (--ah)，除了會曉畫看會著腹肚內佮看袂著腹肚內的錦蛇爾爾。

我驚甲目睭擘[9]予開開，斟酌看這个人影。毋通袂記得我彼个所在四箍圍仔無半个人蹛。毋過這个囡仔人看起來敢若 (kán / ká / kánn-ná) 毋是揣[10]無路，嘛無像忝 (thiám) 甲欲死抑是枵 (iau) 甲欲死，閣無像會喙焦 (tshuì-ta) 抑是驚惶。伊看來完全毋是佇四界無半个人蹛的沙漠內摸無路的囡仔人的款。佳哉 (ka-tsài) 尾仔我會當講話矣，我共問講：

「你是佇遐咧創啥？」

伊輕聲細說 (khin-siann-sè-sueh) 閣共我問一擺，袂輸佇咧講足重要的代誌：「拜託一下……畫一隻羊仔囝予我……」

代誌若是傷 (siunn) 過神祕，咱 (lán) 就無法度無去遵守。四箍圍仔無半个人、又閣有性命危險，雖

然感覺按呢做實在真好笑，我嘛是對 (uì) 褲袋仔提出一張紙佮一枝筆。毋過我想著家己干焦讀過地理、歷史、數學佮文法，所以就共伊講我袂曉畫圖（想著就真無爽快）。伊應講：

「無要緊。畫一隻羊仔予我。」

因為我毋捌畫過羊仔，我干焦會當畫家己會曉畫的兩種圖的其中一款予伊，就是腹肚大大圈 (khian) 的錦蛇。聽著這个囡仔人共我應的話，我感覺足意外的：「無愛！無愛！我無愛錦蛇腹肚內的象。錦蛇夭壽危險，象又閣傷過粗重。阮兜 (tau) 內底足細的。我干焦愛一隻羊仔。畫一隻羊仔予我。」

我就畫矣。

伊看甲足斟酌的，閣講：

「無愛！這隻病甲誠嚴重。閣畫一隻。」

我閣畫矣。

我心內微微仔笑，有小可仔 (sió-khuá-á) 歡喜。

「你家己看予真……這冊是羊仔囝，是一隻羊犅 (káng)。伊發角 lioh……」

我又閣重畫。

佮頭前幾張仝 (kāng) 款，這張伊嘛是講袂使：

「這隻傷老，我欲愛一隻活較久的。」

我已經無耐性矣，因為足趕緊欲開始來共我的 ian_{35} jin_{51} 剝掉，這張圖我就清彩 (tshìn-tshái) 畫畫咧。

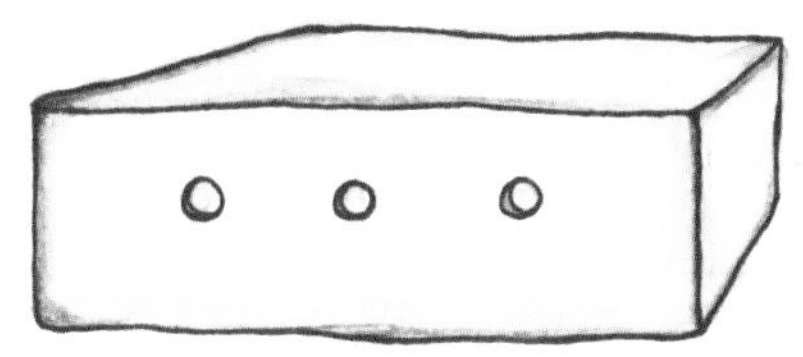

我共講：「這是一个盒仔。你欲愛的羊仔佇咧內底。」

想袂到我這个囡仔評審 (phîng-sím) 煞來喙笑目笑：「這拄仔好是我想欲愛的！你看這隻羊仔敢 (kám) 會食足濟草仔？」

「為啥物按呢問？」

「因為我蹛的彼位足細的 ......」

「草仔一定有夠伊食的。我畫予你的羊仔足細隻的。」

伊頭攲 (khi) 攲看著彼張圖：

「嘛毋免遐爾細隻……你看！伊睏去啊……」

我就是按呢才來佮小王子熟似的。

1 引擎，英語 engine，以日語外來語エンジン音譯。
2 音 tshuā，帶、領。
3 音 tshun--ê，剩下的。
4 音 kan-na，只有、僅僅。
5 音 puah，跌倒、摔跤。
6 音 tik-pâi-á，竹筏。
7 音 tiô，彈跳、跳動。
8 音 tsing，擊打、撞、揍。
9 音 peh，睜開、剝開（如橘子等）。
10 音 tshuē / tshē，尋找。

我毋規晡[1]才知影伊是對 (uì) 佗位來的。三不五時就共我問東問西的小王子，敢若攏無聽著我共問的問題。是伊無意中講出喙的話才予我漸漸了解。頭一改看著我的飛行機的時陣（我無想欲共我的飛行機畫出來，因為傷歹畫），伊共我問：「這是啥物物件？」

「這毋是物件，這會飛的，是我的飛行機。」

予伊知影我會曉駛飛行機使我真得意。伊聽了大聲叫講：「啥貨！你是對天頂跋落來的？」

「著。」我真歹勢講。

「啊！足心適 (sim-sik)……」

小王子笑一下足大聲，予我感覺真受氣 (siū / siūnn-khì)。我希望有人認真看待我的歹運。

伊閣繼續講：

「你嘛仝款是對天頂來的！你是佗一粒行星 (hîng-tshinn / tshenn) 來的？」

伊的出現遐爾神祕，伊這句話若 (ná) 予我淡薄仔 (tām-po̍h-á) 去掠著頭摠[2]，所以隨共問：「你敢是對別粒行星來的？」

毋過伊無共我應。伊頭犁犁[3]，那 (ná) 看我的飛行機那慢慢仔講：

「無毋著 (bô m̄-tio̍h)，坐佇這台頂懸，你無可能是對真遠的位來的……」

伊恬[4]規晡攏無講話。尾仔伊對橐袋仔[5]提出我畫的羊仔，足頂真佇遐咧想伊的寶貝。

恁會當想著伊彼句強欲講出喙的

「別粒行星」予我有偌好奇。我盡量想欲知影較濟咧：

「囡仔人，你對佗位來的？你徛 (khiā) 佗位？你欲共我的羊仔焉去佗位？」

伊恬 (tiām) 恬想規晡，尾仔才來應講：

「佳哉，有你予我的彼个盒仔，暗時就會使予伊做厝矣。」

「著啊，你若是乖乖，我就閣予你一條索仔，予你日時共縛 (pa̍k) 起來。猶閣有一枝棍仔。」

我的建議若親像去共小王子驚著：

「共縛起來？哪會按呢想！」

「你無共縛起來，伊若四界抛抛 (pha-pha) 走，就會走無去……」

我這个朋友閣一擺大聲笑出來：

「你是欲叫伊走去佗位？」

「就是四界抛抛走啊。向前直直行……」

小王子足慎重來講：

「無要緊啦，阮兜真正足細的啦！」

尾仔，伊敢若有一絲仔鬱卒，紲落去 (suà--lo̍h-khì) 閣講：

「向前直直行嘛袂當行偌遠……」

1 音 kui poo，整個半天，指很久的時間。

2 音 thâu-tsáng，髮髻，另有頭緒、線索的意思。「掠著頭摠」即為有頭緒、抓到線索。

3 「頭犁犁 (lê)」為低頭之意。有句俗諺說「飽穗的稻仔，頭犁犁」，意指有真才實學的人大多謙虛，就是告誡人不要趾高氣昂。

4 音 sīm，沉思、保持不動的姿態。

5 音 lak-tē-á，衣褲上面的口袋。

4

我又閣知影第二件真重要的代誌：就是伊來的彼粒星，干焦比一間厝較大一屑仔 (tsit-sut-á) 爾爾！其實我無感覺真著驚。我早就知影佇地球、木星、火星、金星這款叫會出名的大行星以外，一定猶閣有幾若百粒別的星，有的傷細粒，提千里鏡嘛看無啥會著。天文學家若是發現其中一粒，就用一个數字來共

號名 (hō-miâ)。講一个例，伊會使共號做「小行星 3251」。我有真重要的理由來相信，小王子伊來的彼粒星是小行星 B-612。這粒星干焦予人用千里鏡看過一擺爾，是咧 1909 年的時陣，予一个土耳其 (Thóo-ní-kî) 的天文學家看著的。伊佇國際天文學大會上真慎重來報告伊的發現。毋過因為伊穿的衫，竟然無人欲來共伊信篤 (sìn-táu)。大人就是這款形的。

好佳哉為著小行星 B-612 的名聲，有一个土耳

其的獨裁者，用死刑來逼伊的百姓愛穿甲若歐洲人仝款。彼位天文學家 1920 年閣去做一擺演講，穿一軀 (su) 足高雅的西裝。這擺逐家 (ta̍k-ke) 攏欲共信矣。

我共恁講小行星 B-612 講甲遐爾仔詳細，連伊的號碼嘛講予恁知，攏是因為大人的關係。大人上愛數字。你若共個講著恁熟似的一个朋友，個攏袂去問你上要緊的代誌。個袂共你問：「伊的聲音按怎？」、「伊上愛耍 (sńg) 啥物坦迌物仔[1]？」、「伊有收

集蝶仔 (ia̍h-á) 無？」個干焦會問：「伊幾歲？」、「伊有幾个兄弟？」、「伊偌重？」、「個老爸趁 (thàn) 偌濟？」按呢個才叫是已經佮這个人有熟似。恁若共大人講：「我看著一間粉紅仔色的磚仔厝足媠的，窗仔門邊有天竺葵 (Thian-tiok-kuî)，厝頂有粉鳥 (hún-tsiáu) ……」個無法度想像 (sióng-siōng) 這間厝是生做啥物款。你愛共講：「這間厝價值十萬法郎。」個就會大聲講：「定著媠甲無地比！」

所以，恁若共個講：「誠實[2]有小王子這个人的證據是，伊真歡喜，伊會笑，伊想欲愛一隻羊仔。若有人欲愛一隻羊仔，就證明這个人是真的。」個會共肩胛頭 (king-kah-thâu) 擛[3]擛咧，共你當做是囡仔人！毋過恁若共個講：「伊來的彼粒星是小行星 B-612。」按呢個就相信矣，個就袂閣問甲有一枝柄 (mn̄g kah ū tsi̍t ki pènn / pìnn)。個就是按呢。恁毋通對個使性地 (sái-sìng-tē / tuē)。囡仔人應該對大人較寬容咧。

毋過，像咱這款對人生有了解的人，對數字當然是足看袂起的！我本來想欲將這个故事若仙女童話按呢開始講。我本來想欲講：「古早古早以前，有一个小王子蹛佇比伊較大一屑仔的星球頂懸，伊真需要一个朋友……」對有了解人生的遐的人來講，按呢聽起來較像誠實的。

我無希望逐家清彩讀我的冊。佇咧講這段往事的時，我心肝內感覺足艱苦的。我的朋友佮伊的羊仔已經離開六冬矣。若準我佇遮共伊描述 (biâu-su̍t) 一下，彼是為著無愛共放袂記。將朋友放袂記是一件真悲傷的代誌。毋是逐个人攏有朋友。我變甲像大人仝款干焦注意數字爾爾。就是因為按呢，我才會去買一盒彩色筆佮蠟筆。像我遮濟歲的人才閣來畫圖，是真困難的代誌，因為六歲的時陣，除了錦蛇的腹肚內佮腹肚外，我就無閣畫過別項物件！我當然有試過欲畫幾張較成 (sîng) 伊的像。毋過我無完全確定有成功抑無。若一張有成，另外一張就閣無成矣。我連伊的

懸矮嘛小可仔記袂清矣。佇遮共小王子畫了傷大，佇遐閣畫甲傷細。伊穿的衫是啥物色水，我嘛記無啥有矣。我干焦會當清彩共畫幾若擺，總比無較好。尾仔我連上重要的幾个鋩角[4]嘛記毋著去。毋過恁就愛原諒我。我的朋友自來就毋捌對人解說代誌。伊可能叫是我佮伊仝款。但是真可惜，我看袂著盒仔內底的羊仔。無定著我有小可仔像大人仝款。我一定是老矣。

1 音 tshit-thô-mih-á，「迌迌」是遊玩、玩弄之意，「迌迌物仔」指玩具、小東西。
2 白讀音 tsiânn-sit，為真正的、實在的之意。文讀音 sîng-sit 才是真誠不欺之意。
3 音 giàh，舉。
4 音 mê-kak，比喻事物細小而且緊要的部分。

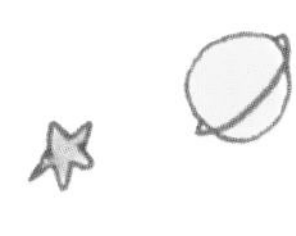

小王子佇 B-612 小行星頂面。

我每一工攏加知影一屑仔關係著伊的行星、伊的出發、伊的旅行的代誌。這是慢慢仔發生的，是咧思考的時陣無意中出現的。就是因為按呢，佇第三工，我去知影著猢猻木 (hôo-sun-bo̍k) 的悲劇。

這擺嘛是佳哉有羊仔，因為小王子敢若去拄著啥物足大的疑問，雄雄煞走來共我問：

「羊仔誠實是食灌木的，敢毋是？」

「著，是誠實的。」

「啊！我真歡喜。」

我毋知影為啥物羊仔食灌木有遐爾仔重要，毋過小王子紲落去閣講：

「若按呢個嘛會去食猢猻木乎 (--honnh) ？」

我共小王子講，猢猻木毋是灌木，是一款足大欉 (tsâng) 的樹仔，會當發甲像教堂遐爾懸，就算講伊

去炁一陣象來，這陣象嘛差不多佮一欉猢猻木的樹根平 (pênn / pînn) 懸爾爾。

講著一大陣的象，予小王子感覺真好笑：

「應該愛將遮的象一隻一隻疊 (thia̍p) 起來⋯⋯」

毋過伊真有智慧閣來講：

「猢猻木猶未發甲遐大欉進前，嘛是齊 (tsiâu) 細欉仔。」

「無毋著！猶毋過你為啥物欲愛你的羊仔去食細欉的灌木？」

伊共我應講：「啊呀！便看就知啦！」袂輸這明明是一件免講嘛知的代誌，致使我著愛激破頭殼來了解這个疑問。

其實，佇小王子的行星頂懸，就親像佇別粒行星仝款，有好的草嘛有穤的草。所以有好草的種子，嘛有穤草的種子。毋過種子是看袂著的。個佇塗 (thôo) 內底恬恬仔睏，睏甲其中有一粒雄雄想欲跖[1]起來……閣來伊會伸勻 (tshun-ûn)，先寬寬仔 (khuann-khuann-á) 向日頭發一枝婧婧、細枝、無害的芽 (gê)。若是菜頭抑是玫瑰的芽，就隨在伊去發無要緊。毋過若是歹物仔的芽，一旦發現就愛緊共規欉挽 (bán) 掉。小王子的行星頂懸就有這款歹物仔的子……彼 (he) 就是猢猻木的子。伊彼粒星的塗內底發甲足濟這款子。咱處理猢猻木的時陣若是傷過慢，就永遠無法度共挽予清氣。伊就會發甲規粒星攏去予佔去，伊的樹根就會共規粒星鑽 (tsǹg) 甲破空。若是這粒星傷細，閣發傷濟欉猢猻木，樹仔就會共星擠 (tsik) 爆 (po̍k) 去。

「這是照起工的問題，」小王子尾仔共我講，「每一工透早咱手面仔若洗好了後，就愛真細膩 (sè /

suè-lī / jī) 共彼粒星款予整齊。愛定期提醒家己，若發現是猢猻木毋是玫瑰，就愛緊共挽掉，因為個猶閣細欉的時陣看起來足成的。這件工課 (khang-khuè) 真無聊，毋過嘛真簡單。」

有一工伊建議我盡量畫一張較婧的圖，按呢咱遮的囡仔才會共這个道理記予牢 (tiâu)。「個若有一工去旅行，」伊共我講，「這對個凡勢 (huān-sè) 有路用。有時仔做代誌罔拖嘛無啥要緊，毋過若是佮猢猻木有關係的代誌就悽慘矣。我知影佇一粒星球頂懸有蹛一个真貧惰 (pîn / pûn / pân / pān-tuānn) 的人，伊無好好仔去照顧彼三欉灌木……」

經過小王子的解說，我將這粒星球畫出來。我誠無愛像遐的開喙合喙全全道理的人仝款，不時踅踅唸 (se̍h-se̍h-liām)，毋過真少人知影猢猻木的危險，若是有人摸無路去到一粒小行星，個所拄著的風險就真大，所以我上無 (siōng-bô) 愛例外一擺毋免傷假仙。我講：「囡仔人！愛較注意猢猻木咧！」因為

我想欲共我的朋友警告講，有這个個隨時會去拄著的危險，個煞攏毋知，我家己嘛是，所以我真骨力畫這幅 (pak) 圖。我欲共個講的這个教訓 (kàu-hùn)，值得我遮骨力。恁可能會問：「這本冊內底，是按怎無另外一幅佮這欉猢猻木的圖仝款大張的？」答案真簡單：「我已經試過矣，毋過別張攏畫無成功。」我佇咧畫這欉猢猻木的時陣，是去予一款真緊急的感覺來刺激 (tshì-kik / khik) 著。

1　音 peh，爬、攀登。

猢猻木。

6

啊，小王子，我慢慢仔了解著你心酸的生活。真久以來，你唯一的消遣就是欣賞日頭落山。第四工早起 (tsái / tsá-khí) 我才來知影這个新的鋩角，彼時陣你共我講：「我真愛看日頭落山。咱這馬來去看日頭斜 (tshiâ) 西……」

「毋過愛小等一下……」

「等啥？」

「等日頭落山啊！」

你頭起先有感覺小可仔奇怪，尾仔家己嘛笑矣。你共我講：「我叫是家己猶佇咧厝的。」

無毋著，逐家攏知影，美國中晝 (tiong-tàu) 的時陣，日頭佇法國就欲來落山矣。若是有法度一分鐘以內就緊從[1] 去法國，就會當看著日頭斜西。真可惜法國傷過頭遠，毋過佇你的小行星頂懸，你干焦愛共

椅仔徙 (suá) 幾步位就有夠矣。見若 (kiàn / kìnn-nā) 欲看黃昏的日頭你就攏看會著……

「我捌一工看過四十三擺日頭落山！」

尾仔你閣繼續講：「你知無……人若感覺足傷心的，就會真愛看日頭落山……」

「你看四十三擺日頭落山彼工是不是足傷心的？」

毋過小王子無回答我的問題。

1 音 tsông，為某種目的而奔走。

第五工，又閣是因為羊仔的關係，我才知影小王子性命中的這个祕密。伊也無踏話頭就雄雄來共我問，敢若是伊進前就已經思考真久矣：

「羊仔若是食灌木的，敢嘛會食花？」

「羊仔看著啥就食啥。」

「有刺的花伊敢欲食？」

「欲喔，有刺的花伊嘛食。」

「若按呢，生遐的刺有啥物路用？」

我嘛毋知。彼時陣，我無閒頤頤 (bô-îng-tshih-tshih)，欲共 ian_{35} jin_{51} 內底一粒鎖甲絚[1]絚的螺絲揬[2]予開。我足煩惱的，因為飛行機故障的情形，原來比代先看著的閣較嚴重，我冗剩 (liōng-siōng) 會當啉的水愈來愈少，予我驚會出上穲的代誌。

「遐的刺有啥物路用？」

小王子若是問問題，就一定欲問出一个答案才會準煞。我為著彼粒螺絲已經氣甲欲踕踕跳 (phu̍t-phu̍t-thiàu)，所以就凊彩共回講：

「刺根本就無路用，攏是遐的花夭壽毋成[3]款，刁工 (thiau / tiau-kang) 欲共人 (kā lâng = kâng) 鑿[4]！」

「啊！」

伊恬恬仔無講話了後，敢若共我睨[5]咧閣喝 (huah) 講：

「我才無欲共你信篤！花是真脆弱 (tshuì-jio̍k) 的，花是無辜的。個盡量保護家己。個叫是遐的刺會去 kâng 驚著……」

我無閣講啥。彼當時我心內咧想講：「這粒螺絲若是閣挨袂開，我就提摃槌仔 (kòng-thuî-á) 來摃。」小王子又閣一改佇遐共我攪擾：

「啊你，你敢相信花……」

「才無咧！才無咧！我啥物攏無相信！我清彩應的爾。我當咧無閒足重要的代誌！」

伊目睭金金共我睨。

「足重要的代誌！」

伊看著我摃槌仔提咧手，指頭仔 (tsíng-thâu-á) 烏趖趖[6]滒[7]甲全全機油，覆 (phak) 佇咧一个伊看起來足穤的物件頂懸。

「你講話就親像大人仝款！」

這予我感覺真見笑。毋過伊足無情繼續講：

「你攏共摻做伙矣……你攏共攪做伙矣！」

伊氣甲規个面膨獅獅。伊金色的頭毛佇風中咧飛。

「我知影有一个面紅紅的人蹛佇一粒行星頂懸。伊從到今 (tsîng-kàu-tann) 嘛毋捌鼻過一蕊花，嘛毋捌看過一粒星。伊毋捌愛過一个人，除了算數 (sǹg-siàu) 毋捌做過別項代誌。毋過伊逐工講的話攏佮你仝款：『我是一个足綿爛的人！我是一个足綿爛的人！』伊按呢風神就感覺足囂俳 (hiau-pai) 的。毋過這毋是人，這是香菇！」

「是啥物？」

「是香菇！」

小王子氣怫怫 (khì-phut-phut)，激 (kik) 一个死人面。

「花有發刺，已經有幾百萬冬。羊仔照常食遮的花，嘛已經有幾百萬年矣。咱認真去了解看覓，遐的刺若是無路用，為啥物花欲遐爾仔費氣來發刺，這敢講無重要？羊仔佮花的這場戰爭敢無重要？這敢袂比一个紅面的大箍呆 (tuā-khoo-tai) 的數較重要？我若知影有一蕊花是獨一無二的，別位攏無，干焦我的行星頂懸才有，毋過一隻羊仔囝就會使共破壞了了，可能一早起就共食掉，個家己猶閣毋知出啥物代誌，這哪會無重要！」

伊規个面紅絳絳 (âng-kòng-kòng)，閣繼續講：

「若有人去愛著這幾百萬粒星頂懸獨獨有一蕊的花，伊看著遮的星會感覺真歡喜，按呢就有夠矣。伊心內會想講：『我彼蕊花佇遐……』毋過羊仔若是將彼蕊花食掉，對伊來講，就袂輸天頂所有的星火 (sing-hué / hé) 攏袂著 (to̍h) 矣！這敢講無重要！」

伊已經講袂出話矣。伊雄雄煞開始吼 (háu)。天色已經暗矣。我將家私 (ke-si) 囥[8] 佇邊仔。我笑家己的摃槌仔、螺絲，笑家己喙焦閣驚死。佇一粒星，一粒行星，也就是佇我的地球頂懸，有一位小王子需要安慰！我用手共攬咧，共伊那搖那惜。我共講：「你愛的花無危險啦……我共你的羊仔畫一个喙罨 (tshuì-am) ……我共你的花畫一个罩 (tà)……我……」我嘛毋知影應該講啥較好。我感覺家己實在有夠頇顢 (hân-bān)。我毋知影欲按怎去共話講到伊的心肝底，按怎去了解伊的痛楚……目屎的世界有影是足神祕的。

1 音 ân，緊、嚴密。

2 音 tsūn，擰、扭轉。

3 音 tsiânn，「毋成」後面接名詞常有咒罵之意，如毋成人（不肖之徒）、毋成囝（小混混、不孝子）。有句俗諺說「少年袂曉想，食老毋成樣」(Siàu-liân bē-hiáu siūnn, tsia̍h-lāu m̄-tsiânn-iūnn.)（年輕的時候不會想，年老了就不像樣、不像話了）。

4 音 tsha̍k，刺、扎，或感覺不舒服。

5 音 gîn，指帶著怒氣或不滿地瞪著看。

6 音 oo-sô-sô，黑漆漆、髒兮兮。

7 音 kō，沾、蘸。

8 音 khǹg，放。

8

我真緊就來知影這蕊花的代誌。佇咧小王子的行星頂懸，一直攏有一寡真普通的花，𪜶干焦有一箍花瓣 (hue-bān)，𪜶無佔啥物位，嘛袂去 kâng 吵。𪜶早起的時陣對草地發出來，到暗就蔫[1] 去矣。毋過彼蕊有一工雄雄發穎 (huat / puh-ínn)，伊的子嘛毋知對佗位飛來的，小王子開始斟酌觀察這欉佮別欉攏無仝的樹椏 (tshiū-ue)。伊有可能是一款新的猢猻木。毋過這欉樹仔真緊就無閣大矣，開始欲開花的款。小王子看著足大的一蕊花莓 (hue-m̂) 結出來，感覺一定會開出一蕊媠噹噹的物仔，毋過這蕊花覕[2] 佇伊的青葉仔 (hio̍h-á) 內底，猶未準備好勢欲媠媠出來見人。伊足細膩咧揀伊的色水，伊慢慢仔穿衫，伊共花瓣一片一片抾[3] 整齊。伊無愛像罌粟 (ing-sik) 花仝款皺襞襞 (jiâu-phé-phé)。伊欲佇伊上媠的時陣才出來。

啊！著，伊真愛妝予妖嬌！伊變鬼變怪梳妝打扮，已經連紲幾若工矣。有一工透早，佇日頭咧欲 (teh / tik-beh / bueh) 出來的時，伊開花見人矣。

伊遐爾細膩梳妝梳規晡，那講那哈唏 (hah-hì)：

「啊！我拄才醒爾爾……我共你會失禮……我猶未梳頭洗手面咧……」

小王子擋袂牢 (tòng buē / bē tiâu) 共呵咾 (o-ló) 講：「你誠實有夠媠的！」

「敢毋是咧！」彼蕊花輕聲細說共講，「我佮日頭仝一个時間出世的⋯⋯」

小王子早就臆 (ioh) 講這蕊花無啥謙虛，毋過伊媠甲予人足感動的！

「我想這馬是食早頓的時陣，」伊真緊紲落去閣講，「你敢會當好心想著我⋯⋯」

小王子感覺霧嗄嗄 (bū-sà-sà)，緊去揣一个貯 (té / tué) 清氣水的物件，來共花沃 (ak) 沃咧。

小王子真緊就去予這款有小可仔歹性地 (pháinn-sìng-tē / tuē) 的虛榮 (hi-îng) 心來折磨。有一工，講著伊的四枝刺的時陣，伊共小王子講：

「有爪仔的虎可能會來！」

「我的行星頂懸無虎啦！」小王子共抗議講，「閣再講，虎嘛袂去食草。」

「我才毋是草！」彼蕊花細細聲共講。

「失禮啦……」

「我曷 (ȧh / iȧh) 毋驚虎，毋過我足驚風的，你敢無通閘 (tsȧh) 風的物仔？」

「驚風來吹……植物若是驚風毋就慘矣！」小王子心內按呢想，「這蕊花誠實真奇怪……」

「暗時你愛共我囥佇玻璃罩 (po-lê-tà) 內底。恁兜足寒的，你的厝起了無好勢。我來的彼位……」

毋過伊家己隨恬去。伊是對一粒子發出來的。伊

毋捌看過別位的世界。因為家己講的白賊話遐爾天真，伊感覺真無面子，規氣假嗽兩三聲，欲予小王子感覺是伊毋著：「閘風的物件咧？……」

「我拄欲去揣，毋過你就直直佮我講話講袂煞！」

伊閣嗽一聲大的，欲予小王子感覺歹勢。

雖然小王子真想欲愛這蕊花，伊嘛真緊就感覺僥疑 (giâu-gî)。伊誠認真去對待遐的不答不七的話，所以煞來變甲憂頭結面。

「我應該莫聽伊的話，」有一工伊共我講，「咱本來就無應該聽花的話。花是欲予人看婧佮鼻芳的。彼蕊花予我的星球變甲芳貢貢，我竟然無因為按呢感覺歡喜。彼个爪仔的故事予我感覺真煩惱，其實我應該愛較溫柔咧……」

伊閣繼續講予我聽：

「我彼當時猶袂當了解！我應該愛根據伊做的代誌，毋是伊講的話來共伊做判斷。伊為我帶來清芳，予我感覺歡喜。我無應該來離開！我應該臆著伊狡怪 (káu-kuài) 的後壁其實嘛有溫柔的一面。花正經有夠自相矛盾 (mâu-tún)！毋過我傷過少年，才會毋知影按怎去愛伊。」

1 音 lian，枯萎、乾枯。
2 音 bih，躲、藏。
3 音 khioh，收拾、整理。

9

我想，伊是利用野鳥的遷徙 (tshian-suá) 來脫身的。佇咧欲離開彼早起，伊共伊的行星摒掃 (piànn-sàu) 甲清氣啖啖 (tam-tam)。伊斟酌共伊的活火山摒摒咧。伊有兩座活火山，透早小王子若欲共早頓熥[1]予燒就真方便。伊嘛有一座死火山，就像伊講的：「這款代誌袂按算的！」所以死火山伊嘛仝款共摒摒咧。火山若是摒有清氣，個就會慢慢仔有規律按呢燒，袂來爆發。火山爆發就親像煙筒 (ian-tâng) 的火仝款。當然佇咧地球頂懸，咱人傷細漢，無法度去摒掃火山，所以個才會共咱惹來遐爾濟麻煩。

小王子共猢猻木拄發出來的芽挽掉，有小可仔悲傷。伊叫是家己袂閣轉來。毋過彼早起，遮的做了慣勢 (kuàn-sì) 的厝內代誌，佇伊看來特別輕可。佇咧伊最後一擺共花沃水，而且 (lî / jî-tshiánn) 準備共彼

惢花园佇玻璃罩內底的時，伊發現家己煞真想欲哭。

「再會。」伊對花講。

毋過花恬恬毋共應話。

「再會。」伊閣講一擺。

花咳嗽 (ka-sàu) 一聲，毋過毋是因為感冒。

「我誠實戇啦！」伊最後共講，「我共你會失禮，你著愛較歡喜咧。」

小王子有略略仔 (lio̍h-lio̍h-á) 奇怪講哪會無聽著責備的話。伊愣 (gāng) 愣徛 (khiā) 佇遐，玻璃罩仔猶閣提佇停咧半空中的手內。伊毋知影為啥物花變甲遐爾輕聲細說。

「無毋著，我愛你，」花共講，「是我毋著，你才會啥物攏毋知。其實嘛無啥物要緊，毋過你佮我仝款戇。你著愛較歡喜咧……莫閣管彼个玻璃罩仔啦。我已經無需要矣。」

「毋過風……」

「我才袂因為按呢就來感冒……暗時清涼的空氣對我有好處，我是一蕊花啊。」

「毋過野獸……」

「我若是想欲熟似蝶仔，忍受兩三隻刺毛蟲嘛毋是歹代誌。按呢敢若袂穤，若無，啥物人會來共我看？你會佇足遠的所在。大隻的野獸我嘛無咧驚，我有爪仔。」

伊足天真現伊的四枝刺出來予小王子看。尾仔閣繼續講：「莫閣按呢拖落去矣，按呢傷痛苦矣。你已經決定欲離開啊，這馬好去矣。」

因為伊無愛予小王子看著伊咧流目屎。伊是一蕊足驕傲的花……

1 音 thn̄g，指食物涼了之後再次加熱。

小王子足認真摒掃伊的活火山。

10

小王子來到小行星 325、326、327、328、329 佮 330 這區。伊開始拜訪這跡 (jiah / liah) 的行星，想欲揣一項穡頭[1]，嘛想欲學寡本事。

頭一粒星的頂懸蹛一位國王。這位國王坐咧，穿一軀 (su) 呀囒[2] 色的貂皮衫，伊的寶座看著真簡單，毋過真有威嚴。

「啊，有一个子民來矣。」伊影著小王子的時陣大聲按呢講。

小王子感覺奇怪：

「伊都毋捌看過我，曷知影我是啥物人？」

伊毋知影對國王來講，這个世界不止仔簡單。所有的人攏是

伊的子民。

「行較倚咧，我毋才 (tsiah) 看你會清。」國王對小王子講，伊足臭煬[3]的，到尾會當做某乜人 (móo / bóo-mí-lâng) 的國王矣。

小王子的目睭四界看佗位會當坐咧，毋過規粒星頂懸，攏予彼領足華麗的貂皮番仔幔 (huan-á-mua) 罩咧。伊干焦會當繼續徛咧，因為伊真正有夠忝矣，所以煞來擘哈 (peh-hā)。

「佇咧本王的面頭前哈唏足無禮貌，」這位國王共講，「我毋准你按呢做。」

「我誠實擋袂牢，」小王子真困惑共回答，「我對路頭足遠的所在來的，也無睏飽⋯⋯」

「若按呢，」國王共講，「本王命令你擘哈。我幾若年毋捌看過人擘哈。我真想欲知影人是按怎會擘哈。緊咧，閣擘哈一改，這是命令。」

「你按呢會共我拍生驚⋯⋯我無法度閣⋯⋯」小王子規个面紅絳絳。

「喂 (eh) ！喂！」國王共回講，「無我⋯⋯我命令你有時仔擘哈，有時仔⋯⋯」

伊若小可仔大舌按呢講袂出話，看起來若欲起性地。

因為國王真看重別人愛尊重伊的權威 (kuân / khuân-ui)。伊袂當接受人毋聽話。這是一位足專制的君主。毋過伊是一位真好的國王，伊下的令攏是合理的。

「我若是命令，」伊講甲真紲拍 (suà-phah)，「我若是命令一位將軍去變做海鳥，這位將軍若是無聽令，這毋是彼位將軍的錯，這是我毋著。」

「我敢會使坐一下？」小王子誠歹勢共問。

「我命令你坐落去。」國王按呢共應，伊真有威嚴的共貂皮番仔幔裾[4]摸[5]一下。

毋過小王子去予驚著矣。這粒星遐爾細，國王是欲統治啥物？

「大人 (tāi-jîn / lîn)⋯⋯」小王子共講，「真失

禮來拍斷你的話……」

「我命令你拍斷我的話。」國王趕緊共講。

「大人……你到底統治啥物？」

「我啥物攏統治。」國王應甲足簡單。

「啥物攏統治？」

國王真細膩來畫出伊的行星、其他的行星，猶閣有別粒星。

「遮的攏是你咧統治？」小王子問。

「攏是我咧統治……」國王回答。

伊毋但 (m̄-nā) 是一位足專制的國王，猶閣是一位啥物攏愛管的國王。

「遐的星嘛攏聽你的話？」

「當然，」國王回伊講，「所有的星攏嘛聽我的話。我袂當忍受別人無守紀律。」

這款的權力，予小王子感覺誠實不得了。伊家己若是有這款權力，就會使佇一工內，看著不只四十三擺，是七十二擺，抑是一百擺、二百擺的日頭落山，

根本就毋免去共椅仔徙位！想起著伊放揀的彼粒細粒星，伊感覺有淡薄仔悲傷，伊大膽姑情[6]國王來共伊鬥相共 (tàu-sann-kāng)：

「我想欲看日頭落山……拜託一下……請你命令日頭趕緊落山……」

「我若是命令一位將軍像蝶仔按呢，對一蕊花飛到另外一蕊花，抑是命令伊寫一齣悲劇，抑是變做一隻海鳥，這位將軍若是無去完成伊接著的命令，這是愛算伊的抑是我的毋著？」

「是你毋著。」小王子真肯定共講。

「規欉好好，無錯。[7]咱愛要求每一个人去做伊有才調 (tsâi-tiāu) 做的代誌，」國王繼續講，「權威嘛愛有合理性做基礎才著。你若命令你的子民去跳海，個就會起來反抗革 (kik) 命。我有權要求別人服從，因為我的命令攏是合理的。」

「啊我的日落咧？」小王子閣問一擺，伊若問問題就一定愛有答案。

「你的日落你一定看會著，我會下令。毋過佇我的統治原則內，我著愛等條件對我有利。」

「條件底時 (tī-sî) 才會有利？」小王子共問。

「喂 (eh) ！喂！」國王那共應，那掀 (hian) 一本足大本的曆日，「喂！喂！下暗 (ē / ēnn / ing-àm)，差不多⋯⋯差不多⋯⋯下暗，下暗差不多七點四十分！你到時就知影我的命令別人一定會遵守。」

小王子閣哈唏，看袂著日落伊感覺可惜，尾仔伊感覺有小可仔無聊：

「我咧遮已經真無議量[8]，」伊共國王講，「我欲來走矣！」

「莫走！」國王共講，有一个人做伊的子民伊感覺足風神的，「莫走，我予你做部長！」

「啥物部長？」

「做⋯⋯做司法部長！」

「毋過遮也無人好判決！」

「猶無的確咧，」國王共伊講，「我猶未全國行

透透咧。我已經真老矣，我遮無位园一台馬車，家己行路閣傷忝。」

「啊！我已經看過矣。」小王子講，伊倚較頭前咧，欲閣看覓仔這粒行星的另外一爿 (pîng)。彼爿嘛仝款無人……

「你會使判決你家己，」國王回答講，「這是上困難的。評判家己比評判別人加足困難的。你若做會著好好仔評判家己，就真正是聖人矣。」

小王子回答講：「我，我行甲佗位攏會使評判家己，無需要踮[9]佇遮。」

國王講：「哈 (hannh) ！哈！我相信佇我的行星頂懸的佗一跡，有一隻老鳥鼠 (niáu-tshí / tshú)。我暗時會聽著伊的聲。你會使判決彼隻老鳥鼠。你有時仔會使判伊死刑，按呢伊的性命就聽你的審判。毋過你逐擺著愛共赦免，按呢較省事。因為干焦這隻爾爾。」

小王子回答講：「我無佮意 (kah-ì) 共人判死刑，

我看我好來走矣。」

「莫啦！」國王講。

毋過小王子雖然已經準備好勢矣，伊嘛無想欲予老國王傷心：

「陛下 (pè / pē-hā) 若是希望人聽你的命令，你會使叫我做一件合理的代誌。比論，你會使命令我一分鐘以內趕緊走。我看這馬的條件拄仔好真有利……」

國王啥物攏無講，小王子拄頭仔先躊躇 (tiû-tû / tî) 一下，尾仔吐一下大氣 (khuì) 就來離開矣。

「我予你做我的大使！」國王趕緊大聲喝 (huah) 出來。

伊的聲聽起來足有威嚴。

「大人真正足奇怪的！」小王子佇旅途中，心內按呢想。

1 音 sit-thâu，本指農事，今則泛指一切工作。

2 音 giâ-lan，或作「哦囒」，指深紅色、胭脂色。

3 音 tshàu-iāng，神氣、臭屁。常用於對他人的貶詞。

4 音 ki / ku，衣物的下襬。

5 音 giú，又唸作 khiú，拉扯。

6 音 koo-tsiânn，懇求、情商、低聲下氣地向他人央求。

7 指整株完好，沒有砍斷。這是以「砍柴」的「剉」(tshò) 諧音「錯」字來造的俏皮話。

8 音 bô-gī-niū，無聊、乏味、沒事可做。

9 音 tiàm ，在。

11

第二粒行星頂懸蹛著一位虛華的人：「欸！欸！有一个愛慕者來共我看矣！」這个虛華的人看著小王子來矣，對遠遠就按呢大聲喝。因為對虛華的人來講，別人攏是伊的愛慕者。

小王子講：「勢早 (gâu-tsá)，你的帽仔真心適。」

虛華的人共應講：「這是欲回禮用的，人若共我拍噗仔 (phah-pho̍k-á)，我就用帽仔回禮。毋過真可惜攏無人對這搭 (tah) 過。」

捎無摠的小王子講：「敢按呢？」

「你的手緊攑起來拍噗仔。」虛華的人共伊按呢建議。

小王子就共拍噗仔。虛華的人就真謙虛的形，共帽仔略略仔提懸來回禮。

「這比去拜訪國王閣較趣味。」小王子心內按呢想。所以伊閣拍一擺噗仔，虛華的人又閣共帽仔提懸來回禮。

過五分鐘後，小王子感覺按呢耍落去真正無聊：「若愛你共帽仔提落來，」小王子共問，「著愛按怎做？」

毋過虛華的人無聽著伊咧講話。虛華的人除了呵咾的話，賭的攏聽袂著。

「你敢真正遐爾欽佩 (khim-puē) 我？」伊問小王子。

「欽佩是啥物意思？」

「欽佩的意思是講，承認我是這粒星球頂懸上蓋緣投、穿衫上蓋媠、上蓋好額 (hó-giàh) 閣上蓋巧的查埔人。」

「毋過這粒星頂懸，就干焦你一个人爾啊！」

「拜託你鬥幫贊 (tàu-pang-tsān) 一下。閣共我拍一改噗仔！」

「我欽佩你，」小王子肩胛頭小擛懸起來共講，「毋過這對你來講有啥物好歡喜的？」

所以小王子就來走矣。

「大人真正足奇怪的！」小王子繼續旅行的時，家己心內按呢想。

12

下一粒星球頂懸，蹛一个愛啉酒的人。這逝[1]訪問雖然真短，但是煞引來小王子足大的悲傷：

「你佇遐創啥物？」小王子問啉酒的人，伊的頭前，有一山坪 (suann-phiânn) 的空酒矸仔，閣有一山坪猶未開的酒矸仔。

「我咧啉酒。」伊按呢應，一个面仔憂結結。

「你為啥物欲啉酒？」小王子共問。

「為著欲放袂記得。」啉酒的人按呢共應。

「欲放袂記得啥物？」小王子閣共問，感覺真同情伊。

「為著欲放袂記得我真落氣 (làu-khuì)。」啉酒的人頭犁犁按呢來承認。

「啥物代誌真落氣？」小王子想欲共鬥相共，所以繼續問。

「啉酒予我真落氣！」啉酒的人講煞了後，又閣恬恬毋出聲。

小王子就來走矣，心內想攏無。

「大人真正是有夠奇怪的！」小王子繼續旅行的時，家己心內按呢想。

1 音 tsuā，趟、回。計算路程、路途的單位。

13

第四粒行星是生理人的星球。這个人足無閒的，小王子到位的時，伊連頭都無攑起來一下。

「勢早，」小王子對伊講，「你的薰[1]化[2]去矣。」

「三加二等於五，五加七等於十二，十二加三是十五，勢早。十五加七是二二，二二加六二八，我無閒通點薰矣。二六加五三十一。啊！攏總是五億一百六十二萬兩千七百三十一。」

「五億的啥物？」

「啥？你猶閣佇遐喔？五億過一百萬的……我嘛毋知……我穡頭誠濟！我這个人足認真的，我才無欲插 (tshap) 遐有的無的！二加五是七……」

「五億一百萬的啥物？」小王子閣再問一改，伊這世人問題見若出喙，就一定袂來放棄。

生理人共頭攑起來：

「我蹛佇這粒行星已經有五十四年矣，干焦去予人攪擾著三擺。頭一擺是二十二年前，予一隻 siáng（＝啥人 siánn-lâng）知影是對佗位落落來 (lak--lo̍h-lâi) 的金龜仔攪吵著。伊喝一聲足大聲的，害我算加法的時算毋著四位。第二擺是十一年前，去拄著風溼的病。我欠運動，無閒四界去散步，我這个人足認真的。第三擺……就是這擺！我頭拄仔講五億一百萬的……」

「百萬的啥貨？」

生理人知影伊無望通較清幽矣：

「百萬粒彼款咱有時陣會佇天頂看著的幼屑仔 (iù-sap-á)。」

「胡蠅 (hôo-sîn) 喔？」

「毋是啦，彼款爍 (sih) 一下爍一下的幼屑仔。」

「蜂喔？」

「毋是啦，彼款金色的，會予貧惰人陷眠 (hām-bîn) 的幼屑仔。毋過我這个人足認真的，我才無時間陷眠。」

「啊！天星喔？」

「著啦，遐的星。」

「五億萬的星你是欲創啥？」

「五億一百六十二萬兩千七百三十一。我這个人足認真的，我足斟酌的。」

「遮的星你欲創啥？」

「我欲創啥？」

「無毋著。」

「無欲創啥。遮的天星攏是我的。」

「天星是你的？」

「無毋著。」

「毋過我看過一个國王……」

「國王無物啦。伊是『管理』爾爾。這完全無仝款。」

「你佔有遮的星有啥物路用？」

「予我成做足好額的。」

「足好額的有啥物路用？」

「會使買足濟粒星的，若是有人閣發現著新的星。」

「這个人的推理有小可仔成彼个酒鬼。」小王子心內按呢想。

這時陣伊閣繼續問問題：

「咱按怎會當佔有天頂的星？」

「遐的星是啥物人的？」生理人真歹性地來共應。

「我毋知，應該毋是啥物人的。」

「所以是我的啊，因為我上早想著。」

「敢按呢？」

「當然是按呢。你若揣著一粒璇石 (suān-tsio̍h) 無人的，彼就是你的。你若揣著一粒島無人的，彼就是你的。你若上早有一个想法，你會使申請專利：這个想法是我的。我有遮的星，因為佇我進前，無人想過欲共遮的星佔起來。」

「按呢講無毋著，」小王子講，「你欲共遮的星提來創啥？」

「我會共管理。我會共計算，算了閣再算，」生理人講，「這真歹做，毋過我這个人蓋頂真！」

小王子猶未感覺滿意。

「若準我有一條圍巾，就會使共祓 (phua̍h) 咧頷仔頸 (ām-á-kún) 來提走。若準我有一蕊花，嘛會使共遏 (at) 落來提走。毋過你也袂當共遐的星提落來！」

「我提袂走，毋過會使共寄佇銀行。」

「這是啥物意思？」

「意思是講，我會使佇紙條仔頂懸，記我有幾粒星。按呢我就會使共這張紙鎖佇咧屜仔 (thuah-á) 內底。」

「就按呢喔？」

「按呢就有夠矣！」

「真好耍，」小王子想講，「敢若真有詩意，毋過敢若毋是真正經的代誌。」

小王子對認真的代誌的想法，佮大人所想的誠無likely[3]。

「我有一蕊花，會逐工共沃水。我有三座火山，會逐禮拜共摒掃。我連彼座死火山嘛順紲 (sūn-suà) 摒掃。這款代誌袂按算的。摒掃對火山有幫助，沃水對花嘛有幫助，所以我佔有遮的物件。毋過你對遐的星無路用。」

生理人喙仔開開，毋過毋知愛按怎共應，小王子就來走矣。

「大人實在真正有夠奇怪！」伊繼續旅行的時，家己心內按呢想。

1 音 hun，香菸。
2 音 hua，指燈或火熄滅。
3 音 siāng，相同、相似或一樣。

第五粒行星真奇怪，是上蓋細粒的。干焦拄好有夠位蹛[1]一枝路燈，佮予一个點路燈的人徛咧。小王子無法度理解佇天頂的一个所在，一粒無厝、無人蹛的行星頂懸，一枝路燈佮一个點路燈的人是有啥物路用，毋過伊心內咧想：

「就算講這个人真譀古[2]，伊嘛袂比國王、虛華的人、生理人佮酒鬼閣較譀。上無伊的工課是有意義的。伊點路燈的時，袂輸閣再有一粒星，抑是一蕊花出世。伊共路燈禁掉的時，就親像花抑是星睏去矣。這是一種足媠的頭路，因為這款頭路足媠的，所以真有路用。」

伊降落咧這粒星頂懸時，真尊敬來共這位點燈人擛手 (ia̍t-tshiú) 相借問 (sio-tsioh-mn̄g)：

「勢早，你拄才為啥物共路燈禁掉？」

「這是指令，」點燈人應，「勢早。」

「指令是啥？」

「是愛共路燈禁掉。暗安。」伊閣共路燈點予著。

「毋過你拄才為啥物閣共路燈點予著？」

「這是指令。」點燈人應。

「我實在袂當了解。」小王子講。

「無啥物愛了解的，」點燈人講，「指令就是指令，勢早。」

伊閣共路燈禁掉。

尾仔伊用一條紅格仔的手巾仔，共額 (hia̍h) 頭拭 (tshit) 拭咧。

「我食這个頭路誠實足慘的。較早猶算合理，我日時禁火暗時點燈。規工冗出來的時間我會使小歇睏 (hioh-khùn) 一下，規暝冗的時間嘛通 (thang) 睏一下……」

「自彼陣起，指令改矣？」

「指令無改，」點燈人講，「就是按呢才有影悲

哀！這粒行星一年一年愈踅 (se̍h) 愈緊，毋過指令一直無改過！」

「所以咧？」小王子問。

「所以這馬伊一分鐘就踅一輾 (liàn)，我一秒都袂當歇，一分鐘就愛點燈禁火一擺！」

「真趣味！佇你遮一工才一分鐘長爾！」

「這一屑仔趣味都無，」點燈人講，「咱佇遮開講已經講一個月矣。」

「一個月？」

「著。三十分鐘，三十工！暗安。」

伊閣共路燈點予著。

小王子看著伊，心內真佮意這个對指令遐爾死忠的點燈人。伊想起較早愛徙椅仔去揣夕陽 (si̍k-iông) 的代誌。伊想欲共這位朋友鬥相共：

「你敢知……我知影有一步，會使予你想欲歇睏的時小歇咧……」

「我真想欲歇一睏。」點燈人講。

咱人有時仔會使閣頂真閣貧惰。

小王子繼續講：

「你的行星遐爾細粒，踏三跤步就踅一輾矣。你干焦需要沓沓仔[3]行，就會使一直踮佇日頭跤。你若想欲歇睏，就閣繼續行……你想欲日時有偌長就有偌長。」

「這對我嘛無啥路用，我這世人上愛的就是會當睏。」點燈人講。

「按呢你真歹運。」小王子講。

「按呢我真歹運，」點燈人講，「勢早。」伊閣共路燈禁掉。

「彼个人，」佇小王子繼續伊的旅程時，心內咧想，「彼个人一定會予逐家看袂起，予國王、予虛華的人、予酒鬼、予生理人看袂起。毋過，伊是獨獨一个我看著感覺袂譀古的人。凡勢是因為伊毋是咧無閒家己的代誌。」

伊吐氣歎[4]哼[5]閣共家己講：

「伊是干焦一个我會使做朋友的人，毋過伊的行星實在傷細粒子矣，無地徛兩个人……」

小王子的心內毋敢承認，對這粒天公有保庇的行星，伊上蓋毋甘的，是二四點鐘內會當看著一千四百四十擺的日落！

我這項穡頭實在真艱苦。

1 音 tshāi，豎立。

2 「譀」音 hàm，指虛幻空泛、誇張不實。「譀古」(hàm-kóo) 指誇張、荒唐。

3 音 tàuh-tàuh-á，慢慢地。

4 音 pûn，「歕」指「吹」

5 音 hainn，呻吟、訴苦、抱怨。

第六粒行星有十倍大，頂懸蹛一个老歲仔佇咧寫足大本的冊。

「緊看！有一个探險家來矣！」伊看著小王子的時大聲喝。

小王子佇桌仔邊坐落來歇喘。伊已經行過足濟所在矣！

「你對佗位來的？」老歲仔共問。

「彼本冊遐爾仔厚，是啥物？」小王子問，「你佇遮創啥？」

「我是地理學家。」老歲仔講。

「地理學家是啥物？」

「是一个知影海洋、溪河、城市、山嶺佮沙漠佇佗位的智者。」

「真趣味，」小王子講，「這到底是一項真正的頭路！」伊目睭四箍輾轉影影咧，看覓仔這位地理學家的行星。伊猶毋捌看過遐爾壯觀 (tsòng-kuan) 的行星。

「你這粒行星足媠的。遮敢有海洋？」

「我無地知影。」地理學家講。

「啊！」小王子真失望，「敢有山？」

「我無地知影。」地理學家講。

「敢有城市、溪河佮沙漠？」

「這我嘛無地知影。」地理學家講。

「毋過你是地理學家 lioh ！」

「無毋著，」地理學家講，「毋過我毋是探險家。我抾好欠探險家。地理學家毋是去計算佗位有城市、溪河、山嶺、海洋佮沙漠的人。地理學家足重要的，所以袂當四界趖[1]。伊袂使離開辦公室，毋過伊佇辦公室接見探險家。伊共個問問題，將個會記得的代誌寫咧簿仔底。若是感覺個記持 (kì-tî) 的代誌有淡薄仔心適，地理學家就會去調查看覓仔探險家有古意無。」

「調查欲創啥？」

「因為講白賊的探險家，會佇介紹地理的冊引起真大的麻煩。啉傷濟酒的探險家嘛仝款。」

「為啥物？」小王子問。

「因為燒酒醉的人看物件花花有副影。按呢干焦有一粒山的位，地理學家會去記做有兩粒。」

「我熟似一个人，伊一定袂當做一个好的探險家。」

「凡勢。著啦，探險家的人品看咧若是無問題，咱就愛調查伊的發現。」

「咱敢愛家己去看？」

「毋免，傷過麻煩矣。毋過咱愛要求探險家提出證據。伊若是講發現一支懸山，咱就叫伊提幾粒仔大石頭轉來。」

這位地理學家雄雄煞來想著：

「欸，你是對足遠的位來的！你是探險家！你愛共我描述你的行星！」

這位地理學家將伊的簿仔掀開，共鉛筆削 (siah) 削咧。探險家的報告攏是先用鉛筆共記落來，若準佪提出證據矣，才閣用墨水共寫起來。

「所以你有啥物欲講的？」地理學家問。

「啊，佇阮兜無啥物心適的物仔，」小王子講，「逐項物件攏足細的。我有三座火山，兩座活的一座

死的。毋過這款代誌袂按算的。」

「這款代誌袂按算的。」地理學家講。

「我猶閣有一蕊花。」

「阮無咧記錄花。」地理學家講。

「為啥物！花是上蓋媠的！」

「因為花傷短歲壽。」

「『短歲壽』是啥物意思？」

「地理是所有的冊內底上珍貴的冊，」地理學家講，「這款冊永遠袂過時。山真罕得會徙位，海嘛真罕得會焦去。阮寫的攏是永遠的代誌。」

「毋過死火山有可能會精神，」小王子共接話，「『短歲壽』是啥物意思？」

「毋管火山是死的抑是活的，對阮來講攏嘛仝款。阮感覺較重要的是山。山是袂改變的。」

「毋過『短歲壽』到底是啥物意思？」小王子又閣重問，伊這世人若是問一个問題，就一定愛問出結果。

「意思是『連鞭 (liâm-mi) 就欲曲去矣 (khiau--khì--ah)』。」

「我的花連鞭就欲曲去？」

「當然。」

「我的花真短歲壽，」小王子心內想，「伊干焦有四枝刺來保護家己對抗世界！我竟然將伊孤單留踮厝內！」

這是伊頭一擺感覺後悔。毋過伊閣起大膽：

「你建議我去看啥物？」小王子共問。

「去地球看覓，」地理學家共回答，「這粒行星的名聲袂穤……」

小王子想著伊的花，緊來旋 (suan)。

1 音 sô，指不務正業，到處閒遊；又指蛇、蟲類的爬行動作。

16

所以第七粒行星就是地球。

地球毋是清彩一粒行星爾爾！伊頂懸有一百十一个國王（當然毋通袂記得嘛有烏人的國王）、七千个地理學家、九十萬个生理人、七百五十萬个酒鬼、三億一千一百萬个虛華的人，意思是講攏總有二十億个大人。

予恁小知影地球到底有偌大，我會使共恁講，佇咧發明電火進前，佇這六大洲，攏總需要四十六萬兩千五百十一个遮大陣的人來點路燈。

若對較遠的所在來看，會感覺著足壯觀的效果。這大陣人的徙步就親像咧跳芭蕾舞 (pa-lé-bú) 按呢有規則。上頭前是紐西蘭 (Niú / Liú-se-lân) 佮澳洲 (Ò-tsiu) 的人出來點路燈。等遮的人共路燈點著了後就去睏矣。閣來換中國佮西伯利亞 (Se-pik-lī-a) 點路

燈的人紲落去跳舞。閣來伊嘛退去幕後，換露西亞[1]佮印度點路燈的人出場。閣來是非洲佮歐洲。閣來是南美洲。閣來是北美洲。伊永遠袂去創毋著出場的順序。這實在足厲害的。

佇北極佮南極點路燈的人攏是孤一个，伊的日子過了真輕可閣快活：伊規年迵天[2]才上班兩工爾爾。

1 音 Lōo-se-a，即俄羅斯。
2 音 kui-nî-thàng-thinn，一整年。

咱人若是欲假博，有時仔就會講一寡白賊話。我共恁講點路燈的人的故事時，就毋是真老實。若是有人無熟似咱的行星，我按呢講可能就會予個誤會。人佇地球頂懸所佔的位足少的，蹛佇地球頂懸的二十億人若是攏徛咧，而且徛較倚咧，袂輸欲集會 (tsip-huē) 按呢，個會使真四序 (sù-sī) 的，徛踮一个二十公里長二十公里闊的公共 (kong-kiōng) 場所內。咱會使共人攏疊起來，园佇太平洋的一个上細粒的小島頂懸。

大人一定無欲相信恁講的話。個叫是家己佔著真濟位。個佮猢猻木仝款將家己看甲足重要的。所以恁愛建議個去算數，個上佮意數字：數字予個感覺真歡喜。毋過莫無彩時間加夯枷[1]矣。按呢做嘛無路用。恁愛相信我。

小王子來到地球，
但是一个人影攏無看著，
感覺真驚疑。

小王子到地球了後，攏無看著半个人影，感覺足奇怪。伊驚做是家己去抪[2]毋著行星，這時才看著月娘色的一个圓箍仔，佇沙埔頂懸咧趖來趖去。

「暗安。」小王子無致無意講一句。

「暗安。」蛇嘛講。

「我這馬是佇佗一粒行星頂懸？」小王子問。

「地球，佇咧非洲。」蛇共回答。

「啊！……地球頂懸敢無半个人？」

「遮是沙漠，沙漠內底才無人。地球足大的。」蛇講。

小王子佇一粒石頭頂坐落來，擛頭來看天頂：

「我咧想，」伊講，「遮的星若是攏光光，有一工逐家攏會揣著家己彼粒星。你看我彼粒行星，伊就佇咧咱的頂懸……毋過伊足遠的！」

「伊真媠，」蛇講，「你來遮創啥？」

「我佮一蕊花冤家。」小王子講。

「啊！」蛇講。

絪落去佪兩个攏恬㖼㖼[3]。

「人攏去佗位矣？」尾仔小王子閣繼續講，「佇咧沙漠內底真孤單……」

「佇咧一陣人中間嘛仝款會孤單。」蛇講。

小王子掠伊一直繩[4]：

「你這尾動物真心適，」落尾伊閣講，「若手指頭仔瘦卑巴 (sán-pi-pa) ……」

「毋過我比國王的一肢指頭仔較有力。」蛇講。

小王子微微仔笑講：

「你無可能真有力……你連跤都無……你曷無法度去旅行。」

「我會使悉你去一个比船載閣較遠的所在。」蛇講。

伊共小王子的跤目[5]箍起來，親像一條金紱鍊：

「予我咬著的物件，我會使予佪倒轉去佪本底的位，」伊繼續講，「毋過你真單純，你是對別粒星來的……」

「你生甲真奇怪，身軀幼甲若像指頭仔。」

小王子無共應話。

「我真同情你，你佇這粒大理石的地球頂懸遐爾仔脆弱。佗一工你若是傷過思念你的行星，我會使共你鬥跤手。我會當……」

「啊！我完全了解你的意思，」小王子講，「毋過為啥物你講話攏敢若咧予人臆謎猜 (bī-tshai)？」

「我上勢[6]臆謎猜的。」蛇講。

紲落去個兩个攏恬喌喌。

1 音 giâ-kê，把沉重的負擔攬在身上，引申為自找麻煩。

2 音 lòng，碰、撞。

3 音 tiām-tsiuh-tsiuh，非常安靜。

4 音 tsînn，瞄準、定睛細看。

5 音 kha-bak，腳踝。有句俗話說「台灣錢淹跤目」，意思是台灣遍地黃金，很好謀生。

6 音 gâu，能幹、擅長做某事。

小王子行過沙漠，干焦拄著一蕊花爾爾，有三瓣的花，無啥物特別的花……

「勢早。」小王子講。

「勢早。」花講。

「人攏走佗位去矣？」小王子真好禮仔共問。

這蕊花有一工捌看著一陣駱駝 (lo̍k-tô) 商隊經過：

「人喔？我想應該有六、七个人。我是幾若年前看著的，毋過一直毋知影欲去佗位揣。是風共個悉來的。個曷無根，所以感覺真礙虐 (ngāi / gāi-gio̍h)。」

「再會。」小王子講。

「再會。」花講。

19

小王子蹈上 (tsiūnn) 一座懸山。到這馬為止，伊唯一所熟似的山，就是佮伊跤頭趺 (kha-thâu-u) 平懸的彼三座火山。伊將彼座死的火山當做是椅頭仔。「對遐爾懸的山，我眼 (gán) 一下就看會著規粒行星佮所有的人……」伊心內想，毋過伊干焦看著幾若搭岩石 (giâm / gâm-tsio̍h) 尖尖的石頭山。

「勢早。」伊無致無意喝出來。

「勢早……勢早……勢早……」回聲共伊應。

「你是啥人？」小王子問。

「你是啥人……你是啥人……你是啥人……」回聲共伊應。

「你做我的朋友好無？我真孤單。」伊講。

「我真孤單……我真孤單……我真孤單……」回聲共伊應。

「這粒行星有影趣味！」伊心內想，「伊看起來焦涸涸 (ta-khok-khok)、又閣尖又閣崎 (kiā)。遮的人嘛無啥會曉變竅 (piàn-khiàu)，人講啥佪就綴 (tuè / tè) 人講啥……阮厝裡有一蕊花，伊逐擺攏欲拚頭一个講……」

「這真正是一个奇怪的星球，焦、尖，閣鹹。」

20

小王子行規晡經過沙漠、石頭佮雪地了後，到尾發現著一條路。啊路就是欲悉人去人遐的。

「勢早。」伊講。

遮是一塊開甲全全玫瑰花的園仔。

「勢早。」遮的玫瑰講。

小王子共個金金看。遮的逐蕊花看起來攏佮伊彼蕊一模一樣。

「恁是啥人？」伊感覺真奇怪，所以來共個問。

「阮是玫瑰。」遮的玫瑰回答講。

「啊！」小王子咻 (hiu) 出來⋯⋯

伊感覺足無歡喜的。伊的花捌講過伊是世界上唯一的一蕊這款的花，毋過遮，佇這个花園內，上無有五千蕊，逐蕊攏生做一模一樣！

「伊若看著遮的一定足受氣的，」小王子心內想，「伊一定會大聲咳嗽，激甲若死鯪鯉[1]，才袂傷過無面子。按呢我就一定愛假影真心共伊照顧，若

無，為著欲予我落臉 (lak-lián)，伊就真正想欲死死去……」

尾仔伊閣繼續共家己講：「我叫是家己真富裕，因為有一蕊獨一無二的花，其實我有的花足普通的。這蕊花佮彼三座佮我跤頭趺平懸的火山，其中一座凡勢是死翹翹矣，予我無可能做一个重要的王子……」伊向 (ànn) 落去草埔開始哭。

1 音 lâ-lí，穿山甲。

21

這當陣狐狸出現矣。

「勢早。」狐狸講。

「勢早。」小王子真好禮仔來回答，伊越頭過去看，毋過啥物攏無看著。

「我佇遮，佇咧蘋果樹下跤。」彼个聲音講。

「你是 siáng？」小王子講，「你生甲足媠的……」

「我是狐狸。」狐狸講。

「來遮佮我做伙耍，」小王子共建議，「我心情足穤的⋯⋯」

「我袂當佮你耍，」狐狸講，「我猶未予人壓落性 (ah-lo̍h-sìng)。」

「啊，歹勢！」小王子講。毋過伊想想咧閣問講：「『壓落性』是啥物意思？」

「你毋是本地人乎，你咧揣啥物？」狐狸問。

「我咧揣人，」小王子講，「『壓落性』是啥物意思？」

「人有銃 (tshìng)，」狐狸講，「個會去拍獵 (phah-la̍h)，所以真麻煩！個閣會飼雞，這是個唯一有興趣的。你敢咧揣雞仔？」

「無，」小王子講，「我咧揣朋友。『壓落性』是啥物意思？」

「這是一件定定 (tiānn-tiānn) 予人袂記得的代誌，」狐狸講，「意思是『建立關係』⋯⋯」

「建立關係？」

「當然，」狐狸講，「你對我來講，干焦是一个查埔囡仔爾，佮別位的千萬个查埔囡仔攏仝款。我無需要你，你嘛無需要我。我對你來講，干焦是一隻狐狸爾，佮別位的千萬隻狐狸攏仝款。毋過你若共我壓落性，咱兩人就互相需要。你對我來講就是世界上唯一的，我對你來講嘛是世界上唯一的……」

「我慢慢仔開始了解矣，」小王子講，「有一蕊花……我想伊共我壓落性矣……」

「有可能，」狐狸講，「佇地球頂懸啥物代誌攏會當發生……」

「啊！毋是咧地球頂懸。」小王子講。

狐狸看起來真好奇：

「是咧另外一粒行星頂懸？」

「著。」

「彼粒星頂懸有人拍獵無？」

「無。」

「真趣味！有雞仔無？」

「無。」

「甘蔗無雙頭甜。」狐狸吐大氣按呢講。

毋過狐狸閣繼續講伊的想法：

「我的日子真無局。我掠雞仔，人掠我。所有的雞仔攏生做仝款，所有的人嘛攏生做一个樣。所以我感覺淡薄仔無聊。毋過你若共我壓落性，我的日子就可比是雨過天青 (ú-kuè-thian-tshing)。我會知影有一款跤步聲佮別人的攏無仝款。聽著別人的跤步聲我會藏佇塗裡，聽著你的跤步聲就親像聽著音樂，我會對塗裡走出來。猶閣有，你看！你看遐，看著彼片麥

仔園無？我無咧食麭(pháng)，麥仔對我來講無路用。麥仔園對我來講嘛無意義。按呢足可惜的！毋過你的頭毛是金色的，按呢講起來，你若共我壓落性就上蓋好！麥仔是金色的，會予我想著你。我就會佮意聽風吹過麥仔的聲音……」

狐狸恬恬，目睭金金看著小王子：

「拜託咧……共我壓落性！」伊講。

「我真想欲按呢做，」小王子講，「毋過我無偌濟時間。我欲去熟似新的朋友，欲去發現新的物件。」

「咱干焦會當熟似已經 hông（＝予人 hōo lâng）壓落性的物件，」狐狸講，「這馬的人無時間去熟似別項物件矣。個攏直接去買生理人做便便的物件。毋過嘛無生理人咧賣朋友，這馬的人就攏無朋友矣。你若想欲交朋友，就共我壓落性！」

「應該愛按怎做？」小王子問。

「愛真綿爛，」狐狸講，「你先坐佇我邊仔，坐較遠咧，像按呢，坐佇草仔埔。我用目尾共你看，你

莫佮我講話。誤會攏是話語引起的。毋過你逐工慢慢仔坐較倚咧⋯⋯」

隔轉工，小王子閣來矣。

「每一日仝一个時間來閣較好，」狐狸講，「譬論講你若下晡四點來，對三點開始我就感覺歡喜。時間若愈接近，我就感覺愈歡喜。到四點矣，我就心肝咇噗惝[1]開始煩惱；我發現著幸福的代價！毋過你若喝欲來就來，我就永遠無法度知影幾點愛開始調整心情⋯⋯應該愛有固定的儀式。」

「啥物叫儀式？」小王子問。

「這嘛是定定予人袂記得的代誌，」狐狸講，「這項物件，予一工佮另外一工無仝款，一點鐘佮另外一點鐘嘛無仝款。比論講，佇我蹛遐，拍獵的人有一種儀式，個逐禮拜四會佮村內的查某囡仔跳舞，所以拜四是上樂暢 (lo̍k-thiòng) 的日子！我會使一直散步到葡萄園。遐拍獵的人若是喝欲跳舞就跳，按呢逐工攏仝款，我就無通歇喘矣。」

所以小王子就來共狐狸教乖矣。分開的時間欲到的時陣：

「啊！」狐狸講，「我真想欲哭。」

「這是你的毋著，」小王子講，「我無想欲予你傷心，是你叫我共你壓落性的……」

「無毋著。」狐狸講。

「毋過你閣講真想欲哭！」小王子講。

「當然啊。」狐狸講。

「按呢你嘛無趁著好空 (hó-khang) ！」

「我有趁著，因為麥仔的色水會予我想著你。」狐狸講。

尾仔伊閣繼續講：「閣去看遐的玫瑰，你就知影你彼蕊是世界上獨一無二的。你轉來共我講再會的時，我共你講一件祕密做伴手。」

小王子緊走去閣看覓仔遐的玫瑰。

「恁一點仔攏無成我的玫瑰，恁猶閣啥物攏毋是，」伊對個講，「猶無人共恁壓落性，恁嘛猶未順服任何人。恁對我就親像較早的狐狸仝款，干焦是一隻佮千千萬萬的別隻相仝的狐狸爾。毋過我已經將伊變做我的朋友，伊這馬是這个世界上獨一無二的。」

遐的玫瑰看起來真無爽快。

「恁生甲真媠，毋過恁是空虛的，」紲落去伊對個講，「無人會為恁去死。我的玫瑰，清彩一个過路人會叫是伊佮恁攏生做一个款。毋過獨獨伊一蕊，就比恁全部同齊 (tâng-tsê) 閣較重要，因為我沃的是伊

彼蕊花，我园佇玻璃罩內底的嘛是伊彼蕊花。我用閘屏來共閘風的是彼蕊花，我將刺毛蟲刣[2]死（毋過會留兩三隻予蝶仔）嘛是為著彼蕊花。我聽著咧哼、咧歕雞胿 (pûn-ke / kue-kui)、有時仔閣恬恬的嘛是彼蕊花，因為伊是我的玫瑰。」

小王子閣轉來共狐狸講：

「我來走矣。」伊講。

「才來坐！」狐狸講，「這就是我的祕密，講起來真簡單：咱著愛用心才會當看予清楚。上蓋重要的物件，用目睭是看袂著的。」

「上蓋重要的物件，用目睭是看袂著的。」小王子閣再講一擺，檢采家己袂記得。

「你為著你的玫瑰所消磨的時間，才予你的玫瑰變甲遐爾重要。」

「我為著我的玫瑰所消磨的時間……」小王子閣再講一擺，檢采家己袂記得。

「人攏共這个事實放袂記得矣，」狐狸講，「毋

過你無應該袂記得。你愛對你已經壓落性的物件負責任。你愛對你的玫瑰負責任……」

「我愛對我的玫瑰負責任……」小王子閣再講一擺，檢采家己袂記得。

1 音 phih-phòk-tsháinn / tshíng，顫動不已，即不安心。

2 音 thâi，殺。

22

「勢早。」小王子講。

「勢早。」鐵路的分道工講。

「你佇遮創啥？」小王子問。

「我將旅客分批，分做一逝 (tsuā) 一千人，」分道工講，「我予載旅客的火車出發，有的向倒手爿去，有的向正手爿去。」

一台光映映 (kng-iànn-iànn) 的快車駛過，轟一聲敢若咧霆 (tân) 雷公咧，予分道室一直顫 (tsùn)。

「𪜶足趕時間的，」小王子講，「是咧揣啥物？」

「駛車母的人嘛毋知影是咧揣啥物。」分道工講。

轟一聲，對另外一爿閣駛來第二台光映映的快車。

「𪜶已經倒轉來矣諾 (hioh)？」小王子問……

「毋是仝一陣人，」分道工講，「彼是會車的另外一幫。」

「怹敢無佮意踮佇本來的所在？」

「人永遠袂佮意踮佇家己的所在。」分道工講。

第三台光映映的快車閣袂輸霆雷公按呢，轟一聲過去矣。

「怹去逐 (jiok) 頂一幫車的旅客諾？」小王子問。

「怹無咧逐啥物，」分道工講，「怹佇車內睏，無就是咧擘哈。干焦囡仔人才會共鼻仔貼 (tah) 佇窗仔門玻璃邊。」

「干焦囡仔人才知影怹家己欲走揣啥物，」小王子講，「怹無彩時間四界去走揣家己的布尪仔，布尪仔變甲足重要的，咱若去共搶，怹就隨哭……」

「怹足好運的。」分道工講。

23

「勢早。」小王子講。

「勢早。」生理人講。

這个生理人專咧賣止喙焦的藥仔。一禮拜吞一粒，就免閣再啉啥物物件。

「你是按怎欲賣這款藥仔？」小王子問。

「按呢會當省足濟時間，」生理人講，「有專家計算過喔，逐禮拜會當省五十三分鐘。」

「這五十三分鐘咱會當提來創啥？」

「咱想欲創啥就創啥……」

「毋過，我若真正趁著五十三分鐘來用，我想欲向噴泉寬寬仔行過去……」

24

我的飛行機佇沙漠中歹去，已經第八工矣，我聽著生理人彼个故事的時，將賰的最後一滴水嘛啉掉矣。「啊！」我共小王子講，「你的回憶真有意思，毋過我的飛行機猶未修理好勢，我已經無水通啉矣，若是會當寬寬仔向噴泉行過去，我嘛會足歡喜的！」

「我的狐狸朋友……」伊對我講。

「囡仔兄，這馬已經佮狐狸無關係矣！」

「為啥物？」

「因為咱攏會喙焦死……」

伊無了解我所講的道理，共我應講：

「就算講咱欲來死矣，有朋友嘛是一件好代誌。我就真歡喜有一个狐狸朋友……」

「伊臆袂著有偌危險，」我心內按呢想，「伊毋知枵嘛毋知喙焦，若有小可仔日花仔伊就有夠矣……」

毋過伊看著我，回答我心內咧想的：

「我嘛喙焦矣……咱去揣看覓有井無……」

我感覺癮篤篤[1]閣懶懶：沙漠闊莽莽 (khuah-bóng-bóng)，清彩去踅揣一口井敢毋是足譀的？毋過阮嘛是開始行矣。

阮恬恬行幾若點鐘久，日頭已經落山，天頂的星攏開始閃爍矣。我親像咧眠夢按呢金金相 (siòng) 天星，因為喙焦，感覺有小可仔發燒。小王子的話，佇我的記持中若咧跳舞。

「你嘛全款喙焦諾？」我共問。

毋過伊無回答我的問題。伊干焦對我講：

「水對心嘛是好的……」

我毋知影伊的回答是啥物意思，毋過恬恬無閣問……我知影袂使共質問。

伊已經忝矣，所以坐落來。我坐咧伊身軀邊。一陣恬寂寂 (tsih-tsih) 了後，伊閣講：「天頂的星足媠的，因為有一蕊咱看袂著的花……」

我共應講:「當然。」嘛恬恬仔看月光下的沙崙仔。

「沙漠真媠。」紲落去伊講。

這是誠實的。我一直足愛沙漠的。阮坐佇沙崙仔頂的一个位，啥物攏看袂著，啥物攏聽袂著。這時陣，四界恬靜，有物件佇咧爍一下爍一下……

「予沙漠變媠的，是因為知影佇某乜位有藏一口井……」

我隨了解遐的沙崙為啥物遐神祕咧爍一下爍一下。我細漢的時陣，蹛佇一間古早厝內底，傳說(thuân-suat) 講有寶貝埋 (tâi) 佇下跤。當然，一直毋捌有人發現，可能嘛毋捌有人去揣過，毋過這予彼間厝變甲足有價值。我的厝內面有藏一个祕密……

「無毋著，」我共小王子講，「毋管是佮厝、佮星，抑是佮沙漠有關係，予個所以會媠的物件，攏是看袂著的！」

「我真歡喜你同意我的狐狸的想法。」伊講。

尾仔小王子睏去矣，我共伊抱咧手中閣繼續行。

我感覺真感動，若咧抱一項足脆弱的寶貝。我甚至 (sīm-tsì) 感覺世界上無別項比這較脆弱的。我藉 (tsiah) 著月光看伊白蒼蒼的額頭、瞌瞌 (kheh-kheh / khueh-khueh) 的目睭、予風吹振動的頭毛，我心內想講：「我看會著的是外表爾爾。上重要的物件攏是目睭看袂著的……」

看著伊半開的喙脣敢若肉紋笑咧，我閣共家己講：「這个睏去的小王子會予我遮爾感動，是因為伊對一蕊花的忠心，彼蕊玫瑰的形影，親像蠟燭的光仝款咧共炤[2]，連伊佇睏的時陣嘛是……」我想伊變做愈來愈脆弱。咱愛真細膩保護蠟燭：風若吹來就共歕化去矣……

就按呢繼續行，佇天才拄拍殕光[3]的時陣，我發現著水井矣。

1 音 siān-tauh-tauh，身體或心理上疲倦、疲憊的樣子。

2 音 tshiō，照亮。

3 音 phah-phú-kng，黎明。

25

小王子講：「彼陣人搶欲鑽入去快車內底，毋過煞袂記得家己欲走揣啥物。所以佪心神袂定，一直咧踅玲瑯 (se̍h-lin-long)⋯⋯」

伊閣繼續講：

「實在無價值⋯⋯」

阮行到位的彼口井，無像普通撒哈拉沙漠的井。撒哈拉的井，攏是佇沙頂簡單挖一个空爾爾。阮看著的井較成村內的井，毋過四箍輾轉攏無庄頭，我掠準是咧陷眠。

「有夠奇怪，」我共小王子講，「啥物攏攢 (tshuân) 便便矣：加轆仔[1]、水桶佮索仔⋯⋯」

伊笑矣，去摸索仔佮耍加轆仔。

加轆仔確確 (khia̍k-khia̍k) 叫，袂輸舊漚 (àu) 舊臭、真久無敂 (khau) 風的定風針咧確確叫。

「你聽看覓，」小王子講，「咱共井叫醒矣，所以伊咧唱歌……」

我無想欲予伊傷出力：

「我來就好，」我共伊講，「這你揹[2]傷重。」

我寬寬將水桶摸起來到井邊。我共伊囥予在(tsāi)。我耳空原在聽著加轆仔咧唱歌，佇猶閣咧起泱[3]的水面，我看著日頭嘛仝款咧滾泱。

「我足喙焦想欲啉水矣，」小王子講，「予我啉一寡……」

彼當時我才了解伊是咧揣啥物！

我將水桶揹懸到伊的喙脣邊。伊目睭瞌瞌按呢啉，暢甲袂輸咧歡喜過年。遮的水毋但是一款食物(tsiȧh-mi̍h / si̍t-bu̍t)。這水是阮佇星光下跤行規晡的路才揣著的，是加轆仔唱歌才有的，是因為我雙手出力才揹起來的。這水對心嘛真好，敢若像禮物仝款。佇我猶閣細漢的時，聖誕樹仔頂懸的電火球仔、子夜彌撒(mî-sat)的音樂、甜美的笑容，嘛攏予我

小王子笑矣，去摸索仔佮耍加轆仔。

收著的聖誕禮物變甲愈有光彩。

「恁遮的人仝一个花園內就種五千蕊玫瑰……」小王子講，「莫怪個會揣無個欲愛的物件……」

「個揣無個欲愛的。」我共應……

「毋過個欲揣的，可能佇一蕊花抑是一寡水內底就揣會著……」

「無毋著。」我共回答。

小王子紲落去閣講：

「毋過目睭是真青盲 (tshenn / tshinn-mê / mî) 的。應該愛用心才揣會著。」

我嘛啉水矣，閣好好仔喘氣。天欲光的時陣，沙是蜜的色水。我真歡喜是這款蜜的色水，毋過是按怎我心內煞感覺有淡薄仔艱苦……

「你就愛遵守你的承諾。」小王子細聲對我講，伊這馬閣坐佇我的身軀邊。

「啥物承諾？」

「會記得無……欲替我的羊仔畫一个喙罨……我

愛為彼蕊花負責！」

我對橐袋仔提出較早畫的圖稿。小王子看著隨笑出來講：

「你的猢猻木，看起來若像高麗菜⋯⋯」

「啊！」

我本底感覺遮的猢猻木畫甲真成，誠有煬講！

「你的狐狸⋯⋯伊的耳仔⋯⋯敢若角咧⋯⋯而且畫了傷過長矣！」

伊閣笑出來矣。

「囡仔兄，你按呢講無公平，我本來就干焦會曉畫看會著腹內佮看袂著腹內的錦蛇爾。」

「啊，無要緊啦！」伊講，「囡仔人知啦。」

我用蠟筆畫一个喙罨。畫好欲提予伊的時，我煞感覺心肝頭慒慒 (tso-tso)：

「你有啥物我毋知的計畫無⋯⋯」

毋過伊無共我應。伊對我講：

「你敢知影，我來到地球，明仔載 (bîn / miâ-átsài) 就成冬矣……」

恬恬過幾分鐘了後，紲落去伊閣講：

「我就是佇這箍笠仔 (khoo-le̍h-á) 跋落來的……」

伊的面紅矣。

嘛毋知為啥物，毋過我的心內感覺怪怪，有小可仔艱苦。這時陣我想著一个問題：

「自我佮你熟似彼早起算起，到今已經第八工矣，彼日你應該毋是像這馬按呢，一个人清彩踅來到遮的，來到這个四箍輾轉攏無人蹛的所在？你是想欲轉去你跋落來的彼位？」

小王子的面閣紅矣。

我想想咧，紲落去閣講：

「敢是因為已經欲成冬矣？……」

小王子面猶閣咧紅。伊永遠袂去回答別人的問題，毋過咱人若是面紅，就表示咧講「著」，敢毋是？

「啊！」我對伊講，「我這馬驚驚……」

毋過伊共我講：「你緊去做工課啊。你愛坐你彼台機器來走。我踮遮等你。明仔暗才閣轉來……」毋過我感覺袂放心。我想著狐狸。咱若予人壓落性矣，就會感覺想欲流目屎……

1 音 ka-lak-á，轆轤。架在井上利用滑輪汲水的工具。

2 音 kuānn，提、拿。

3 音 iann，漣漪。

26

佇彼口井的邊仔，有一面石頭砛 (khōng) 的崩去的舊壁堵。第二工欲暗仔，佇我工課做了欲轉去的時，我遠遠看著小王子坐咧彼堵矮牆 (tshiûnn) 頂懸，兩肢跤佇遐幌 (hàinn) 來幌去。我聽著伊咧講話：「你誠實袂記得矣？」伊講，「根本就毋是佇遮！」

百面[1] 是有另外一个聲咧共應，因為伊應喙應舌 (ìn-tshuì-ìn-tsih) 講：

「無毋著！無毋著！就是這工，毋過毋是這个所在……」

我向著壁遐行倚去。我一直無看著嘛無聽著有別人，毋過小王子閣再應講：

「……當然，你會看著我的跤跡佇沙地中對佗位開始。你佇遐等我就會使矣。我下昏暗 (ē-hng / ing-àm) 會去遐。」

我離彼堵壁差不多二十米爾，猶閣一直無看著啥。

小王子恬靜一時仔了後閣講矣：

「你的毒有夠強無？真正袂予我拖磨傷久？」

我的跤步隨擋咧 (tòng--leh)，心肝結規毬 (kiû)，毋過猶毋知影發生啥物代誌。

「這馬你好走矣！」伊講，「我欲落去矣！」

我目睭相對壁跤去，煞來驚一趒！塗跤遐有一尾黃蛇，向小王子衝 (tshìng) 懸懸，是彼款三十秒鐘內就會當予你隨無命的蛇。我佇橐袋仔摸規晡欲擛銃出來，趕緊用走的，毋過聽著我的聲，彼尾蛇就緊軁[2]入去沙下跤，親像噴泉恬去，慢慢仔趖對石仔內底矣，干焦聽著細細的鐵仔聲。

我趕到壁邊的時，拄好雙手承著對壁頂跳落來的小王子，伊規个面白蒼蒼。

「你是咧變啥魍 (báng) ！竟然佮蛇咧開講！」

我共伊沓沓[3]圍咧的金色袚巾 (phuah-kin / kun)

敨[4]開，將伊的鬢邊沐予澹 (bak hōo tâm)，閣創寡水予啉。這馬我毋敢閣共問啥矣。伊真嚴肅掠我看，用伊的兩肢手箍佇我的頷頸。我聽著伊的心臟咧倩 (tsháinn / tshíng)，若去予人用銃拍著、強欲斷氣的鳥仔的心臟。伊共我講：

「我真歡喜，你已經揣著你的機器愛挃[5]的物件矣。你真緊就會使轉去恁兜矣……」

「你哪會知？」

我才拄欲共宣布講，雖然本成無啥希望的，到尾我嘛是共飛行機修理好勢矣！

伊無回答我的問題，毋過伊繼續講：

「我嘛仝款佇今仔日欲來轉去阮兜矣……」

紲落去伊真鬱卒來講：

「毋過加較遠……嘛加較困難……」

我感覺著伊發生啥物大代誌矣。

我像咧抱囡仔按呢雙手共攬咧，這時陣，伊敢若直直落落去 (lak lo̍h-khì) 一个深淵 (ian)，我無法度共揲予牢……

伊的眼神看來足認真的，戇戇相遠遠的所在。

「我有你的羊仔。我有羊仔的盒仔，嘛有伊的喙罨……」

伊小可仔哀傷按呢微微仔笑。

我閣等規半晡，感覺伊的身軀慢慢仔燒烙 (sio-lō) 起來：「囡仔兄，你拄才去拍生驚……」

伊拄才真驚惶，當然！毋過伊笑笑仔共我講：

「下昏我會閣較著驚……」

因為有啥物袂當挽回的代誌，我閣一擺感覺直直畏寒起來。我了解家己袂當接受以後永遠無法度閣聽著伊的笑聲。對我來講，彼種聲若親像是沙漠中的泉水仝款。

「囡仔兄，我希望會當閣再聽著你的笑聲……」

毋過伊共我應講：

「下昏拄好是成冬矣。我彼粒星拄好佇舊年我跋落來彼位的頂懸……」

「囡仔兄，這个蛇佮約會佮星的故事，敢毋是一場惡夢……」

毋過伊無回答我的問題。伊繼續講：

「上重要的代誌，用目睭是看袂著的……」

「的確有影……」

「就敢若花仝款。你若有佮意一粒星頂懸的一蕊花，暗時你就真愛向天頂金金看。袂輸所有的星攏開

花矣仝款。」

「的確有影……」

「就敢若水仝款。你予我啉的水就親像是音樂，因為有遐的加轆仔佮索仔……你會記得無……水真好啉。」

「的確有影……」

「以後暗時你會佮意擛頭看星。我彼粒星傷細，無法度比予你看是佇佗一位。按呢上好。對你來講，我的星就是遮濟粒星內底的一粒。若按呢，你就會愛看天頂所有的星……個攏會是你的朋友。我欲送一項禮物予你……」

伊閣笑矣。

「啊！囡仔兄，囡仔兄，我希望閣聽著你的笑聲！」

「這就是我欲送你的禮物……就親像水仝款……」

「你按呢講是啥物意思？」

「天星對每一个人的意義攏無仝。對旅行的人來

講，天頂的星就像𪜶路的人。對別人來講，個干焦是細細粒仔會爍一下、爍一下的火光。對其他的學者來講，個是愛解決的問題。對我見過的彼个生理人來講，個就是金仔。毋過所有遐的天頂的星攏恬恬袂講話。按呢你有的星就佮別人的無仝款……」

「你按呢講是啥物意思？」

「逐改你暗時看星的時陣，因為我就蹛佇遐的星內底的一粒頂懸，對你來講就敢若所有的星攏咧遐對你笑。按呢你就有會曉笑的星矣！」

伊閣笑矣。

「等你心肝較袂遐艱苦的時（時間一定會當予咱寬心的），你就會真歡喜佮我熟似。你會永遠是我的朋友。你會真想欲佮我做伙笑。按呢你有時仔就會像這馬仝款，為著趣味，共窗仔門拍予開……你的朋友會感覺真奇怪，是按怎你看著天頂會想欲笑。你會使共個講：『著啦，我逐擺看著星就想欲笑！』個會叫是你起痟 (khí-siáu) 矣。彼就是我歹心共你創治一

擺……」

伊閣笑矣。

「這就親像我送予你的毋是星，是足濟會曉笑的鉼仔[6]……」

伊又閣笑矣。後來閣變甲真嚴肅：

「下暗……你知無……你莫來。」

「我袂來離開你。」

「我看起來會真無爽快……若小可仔親像欲死矣，就是按呢。所以莫來看著這个樣，莫無彩工矣……」

「我袂來離開你。」

毋過伊看起來真煩惱。

「我共你講遮的……是因為蛇的關係。袂使予蛇共你咬著……蛇真歹心。個若感覺心適就烏白 kâng 咬……」

「我袂來離開你。」

毋過若像有啥物代誌，予伊感覺較安心矣：

「佪真正閣咬第二喙就無毒矣……」

彼暗我無看著伊出發。伊無聲無說 (bô-siann-bô-sueh / seh) 就來走矣。尾仔我閣揣著伊的時，伊的跤步真堅定，行甲足緊的。伊干焦對我講：

「啊！你來矣……」

伊扞[7]我的手，毋過伊猶閣真煩惱：

「你按呢毋著，你可能會真痛苦。我看起來會敢若死去全款，毋過毋是真正按呢……」

我恬恬無講話。

「你敢知，路途傷遠矣，我無法度紮 (tsah) 這个身軀去，傷過重矣。」

我恬恬無講話。

「就袂輸是共一沿 (iân) 舊皮遛 (liù) 掉……」

我恬恬無講話。

伊有小可仔失志，毋過隨閣振作起來：

「按呢足心適的你敢知，我嘛仝款會看天頂的星。所有的星就親像有生鉎 (sian) 的加轆仔的水井，所有的星攏敢若欲斟 (thîn) 水予我啉……」

我恬恬無講話。

「這一定足好耍的！你會有五億个鈃仔，我會有五億个水泉……」

伊嘛恬恬無講話矣，因為伊開始咧哭……

「就是遮矣，予我家己一个人行這步路。」

伊坐落來，因為感覺驚惶。伊繼續講：

「你敢知……我的花……我對伊有責任！伊遐爾軟汫[8]，閣遐爾天真。伊干焦有四枝無啥路用的刺來保護家己，抵抗世界……」

我嘛坐落來，因為無法度閣徛咧矣。伊講：

「就是按呢……煞矣……」

伊閣躊躇一時仔，尾仔閣徛起來，行出一步。我無法度振動。

佇伊的跤目邊仔，干焦有一逝若爍爁[9]的黃光。伊閣徛牢牢咧無振動，嘛無出聲。伊慢慢仔倒落去，若像樹仔倒去按呢。因為倒佇沙仔頂，一點仔聲音都無。

1 音 pah-bīn，必定、一定。

2 音 nn̍g，貫穿、鑽過去。

3 音 ta̍uh ta̍uh，經常、時常。此處和 ta̍uh-ta̍uh-á 意思不同。

4 音 tháu，解開。

5 音 tih，要、欲。

6 音 giang-á，鈴鐺。

7 音 huānn，用手扶著。

8 音 nńg-tsiánn，指人身體脆弱或個性軟弱。

9 音 sih-nah，閃電。

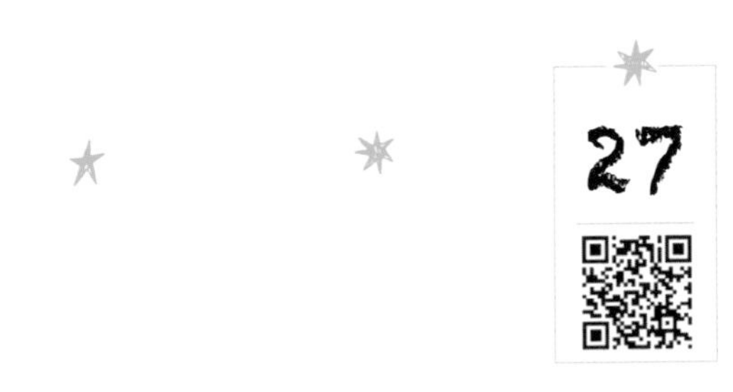

27

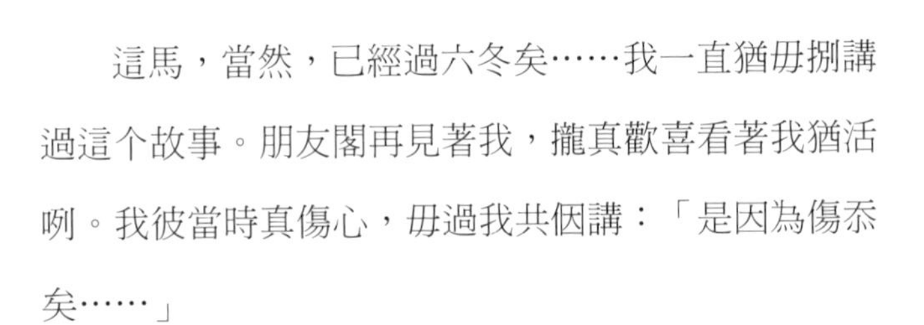

這馬，當然，已經過六冬矣……我一直猶毋捌講過這个故事。朋友閣再見著我，攏真歡喜看著我猶活咧。我彼當時真傷心，毋過我共𪜶講：「是因為傷忝矣……」

這馬我感覺小可仔較寬心矣。其實……嘛毋是完全按呢。但是我知影伊已經轉去伊的星球矣，因為天光的時，我無揣著伊的身軀。伊的身軀嘛毋是講有偌重……我真愛佇暗時聽天頂的星。就敢若有五億个鈃仔仝款……

毋過，予咱料想袂到的代誌就按呢來發生矣。我畫予小王子的喙罨，袂記得共加一條皮帶！伊永遠無法度共彼个喙罨囊 (long) 佇羊仔喙頂懸。所以我真想欲知影：「佇伊的星球發生過啥物代誌？無的確羊仔早就共伊的花食掉矣……」

有時陣我家己會想講：「才袂咧！小王子逐暗攏共花藏佇玻璃罩內底，伊一定會共羊仔顧予好勢……」按呢想我就歡喜矣，所有的星攏咧微微仔笑。

有當時仔我家己會想講：「咱若是一擺無注意，代誌就大條矣！伊若一暗袂記得玻璃罩，抑是羊仔無聲無說趁暗時來走出去……」若按呢想，遐的鈃仔就煞來變做目屎……

這講來實在足神祕的。對恁遮的佮我仝款佮意小王子的人來講，若是佇某乜所在，有一隻咱無熟似的某乜羊仔，將一蕊玫瑰食去，這个世界就會變甲完全無仝款……

恁攑頭看覓仔天頂。恁小問看覓：「羊仔到底有共彼蕊花食去無？」恁會發現代誌就完全無仝矣……

無佗一个大人會當了解這件代誌有偌爾仔重要！

對我來講，這逝旅程是世間上蓋媠閣上蓋悲傷的。風景雖然佮頭前彼頁的仝款，我猶原閣再畫一擺，想欲予恁好好仔看予清楚。遮就是小王子佇咧地球出現，尾仔閣來消失的所在。共這个景緻看予斟酌，若有佗一工恁去非洲的沙漠𨑨迌，才會確定有法度搪著[1]伊。若是恁誠實去到遐，我共恁拜託一下，莫趕時間硞硞 (kho̍k-kho̍k) 傱，佇天星下底小等咧！若真正有一个囡仔向恁行來，若是伊笑微微，若是伊的頭毛金爍爍，若是問伊問題伊攏無咧應，恁就臆會著伊是啥人矣。拜託恁較好心咧！莫予我一直遐爾悲傷：趕緊寫一張批 (phue) 予我，共我講伊轉來矣……

1 音 tn̄g-tio̍h，遇到。語氣完結時唸作 tn̄g--tio̍h。

譯者後記

蔡雅菁

2017 年的一個春日午後，我閒逛書店時，偶然發現書架上有本廣東話版的《小王子》。拿起書本翻了一下，又驚又喜地發現，譯者恰好是我以前在香港中文大學語言學系就已認識的蔡偉泉，當時我是研究生，偉泉是大學部的學生；而該書兩位審校之一的林慧雯，竟是我當年的碩士班同學！書買回家後，我隔天就讀完了，立刻寫了封 e-mail 給多年未聯繫的慧雯，與她通信時，又意外得知台北的南天書局早在 2000 年就出版了客語版的《小王子》，我也因此萌發了《小王子》應該有台語版的念頭。

2018 年 7 月，我的譯稿初步完成，不過因自己沒有受過正式的台語文訓練，對譯稿不太有信心，所以便在網上搜尋從事台語認證的培訓教師，想找個專家來擔任我的審稿人。一開始發了 e-mail 給兩位老師，等了三個月了都還沒有回應，但光輝 10 月的某一天，抱著姑且再試的心態又發出第三封郵件，竟然 20 分鐘後就收到了正面回覆，而這位讓我從大失所望轉而大喜過望的人，正是黃震南老師！幸虧有震南老師介紹，我和前衛出版社的主編鄭清鴻通了幾次信，台語《小王子》的出版計畫總算有了眉目！由衷感謝震南老師和清鴻的鼎力相助，以及協助錄音指導的鄭順聰老師也幫忙潤飾譯稿，讓原本不三不四、不倫不類的譯文有了現在正港的台灣味。《小王子》號稱譯本數量僅次於《聖經》（法語版維基百科「小王子」條目說目前已譯為 361 種語言），如今這本法國文學經典，終能以美麗島上多數人的母語問世！

由於廣東話版《小王子》的插圖非常雅緻，自然很希望能在台語版裡使用同樣的插畫。我先透過慧雯與偉泉聯絡上，進而又透過偉泉與兩位插畫家呂芊虹及陳家希取得聯繫。芊虹及家希知道我的構想後都非常樂意幫忙，家希還特別應我們的要求，繪製了台北 101 及台南赤崁樓的台版專屬插圖，因此在這幾位香港友人的穿針引線下，這本台版《小王子》就也添了幾許香江風情！

台語在一般人的印象中，只是個無法用文字記錄的口語罷了，連我個人也有過這樣的誤解。曾有個義大利朋友問我，將來是否打算把但丁的《神曲》翻譯成台語？我當時和他解釋道：台語是個沒有文字的口語，因此沒辦法翻譯。如今想想，一個讀語言學出身的人竟能說出如此不負責任的話，實在可恥兼可恨了！讀者若想進一步理解台語拼音和書面台文，可多利用教育部的「台灣閩南語常用詞辭典」（https://twblg.dict.edu.tw/holodict_new/index.html），譯本裡補充的注釋就大量參考了該辭典。

無奈的是，台語雖非有音無字，但對許多人而言，卻始終是個不登大雅之堂的粗鄙方言。多年前我曾在台北一家語言中心任教，下課後有個男學生因聽到我用手機和家父說台語，就善意地提醒我說台語和我的「氣質不相符」，這句話實在令人啼笑皆非，彷彿台語應該只是滿口檳榔汁、滿嘴三字經的人的專利，而像我這樣受過教育、還喝過幾年洋墨水的女老師，都該對台語嗤之以鼻！

在香港住了十多年了，對比起港人對粵語的珍視，我常遺憾台灣人對母語的蔑視。當然，台灣是個多民族的社會，不少人的母語並非漢語，而是南島語系的原住民語言。希望這本書的出版，會激勵更多人重視自己的語言文化傳承，也寄望將來會有更多筆耕者用母語創作或翻譯，讓台灣的各種語言，都在寶島多元開放的沃土上綻放出異彩紛呈的花朵！

Note from the translator

Tâi-gí or *Taiyu* (literally 'Taiwan's language'), also called *Tâi-uân-uē* or *Taiwanhua* (literally 'Taiwan's speech') or Taiwanese Southern Min, is a variety of the Sinitic language（漢語）— an umbrella term containing several branches. Although many varieties of these branches or even subbranches are mutually unintelligible, they all share a common writing system, ie. the sinograms（漢字）, also known as the Chinese characters. Since speakers of one variety of Sinitic may fail to understand and communicate orally with speakers of another variety, more and more linguists prefer to call this big family Sinitic languages, instead of the Chinese dialects.

Min is the abbreviated name for the province of Fujian, where most of Taiwan's Han Chinese ancestors came from. There were also some Hakka-speaking Hans coming from the province of Guangdong. Before these forefathers started to cross the Taiwan Strait and settled down to claim the island home during late Ming and early Qing dynasty, Taiwan, situated to the southeastern coast of mainland China, was only inhabited by aboriginal peoples speaking various Austronesian languages. However, since speakers of Southern Min had been the majority among the early immigrants, this dialect remains actively used even among Hakka- or Austronesian-speaking inhabitants, and has come to be associated with the island's identity, hence the name *Tâi-gí*.

Tâi-gí is phonetically most similar to the Xiamen dialect (also known as Amoy) spoken in the coastal city of Fujian, and intelligible with the *Hokkien*, literally 'the Fujian (speech)', (Hokkien being the Southern Min pronunciation of the province's name) spoken mostly in Malaysia and Singapore. Nonetheless, it differs from these varieties in having borrowed extensively from Japanese. Taiwan was under the Japanese rule for fifty years from 1895 to 1945. During this period, the Japanese language entered almost every aspect of the vocabulary, either directly borrowed into *Tâi-gí* from Japanese, or through the so-called foreign loanwords in Japanese, mostly from English, or via Japanese kanji which are directly pronounced in *Tâi-gí*.

After Chiang Kai-shek lost the Civil War with the Communist Party and took refuge in Taiwan in 1949, many Kuomingtang (the Nationalist Party) soldiers and government officials were evacuated to Taiwan along with their family. Since this new population originally came from disparate provinces of China, they spoke an array of distinct dialects. In order to promote efficient communication among the original inhabitants, descendants of the early immigrants and the late-arrivers, Mandarin was established as the official language by the new government. After decades of compulsory education, Mandarin has become the most frequently used language nowadays across the island. There have been numerous translations of *Le Petit Prince* in standard written Chinese in Taiwan, but this is the first published version translated into *Tâi-gí* with audio files.

小王子 Le Petit Prince Sió Ông-tsú

作　　者　Antoine de Saint-Exupéry
譯　　者　蔡雅菁
審　　訂　黃震南、鄭順聰
插　　畫　呂芊虹、陳家希
責任編輯　鄭清鴻
美術設計　李偉涵
台語朗讀　郭雅瑂、張毓棬、高銘孝
錄音混音　陳立德 Rabpit Studio
背景音樂　"Dreamy Flashback", "Swimmey Texture"
Kevin MacLeod (incompetech.com)
Licensed under Creative Commons: By Attribution 4.0
http://creativecommons.org/licenses/by/4.0/
出版補助　文化部本土語言創作及應用補助

出 版 者　前衛出版社
地址：10468 台北市中山區農安街 153 號 4 樓之 3
電話：02-25865708 ｜傳真：02-25863758
郵撥帳號　05625551
業務信箱　a4791@ms15.hinet.net
投稿信箱　avanguardbook@gmail.com
官方網站　http://www.avanguard.com.tw
出版總監　林文欽
法律顧問　陽光百合律師事務所
總 經 銷　紅螞蟻圖書有限公司
地址：11494 台北市內湖區舊宗路二段 121 巷 19 號
電話：02-27953656 ｜傳真：02-27954100

出版日期　2020 年 3 月初版一刷｜ 2024 年 3 月初版十刷
定　　價　新台幣 350 元

Printed in Taiwan　ISBN 978-957-801-904-1

國家圖書館出版品預行編目 (CIP) 資料

小王子 / Antoine de Saint-Exupéry 著 ; 蔡雅菁譯 . -- 初版 . -- 臺北市 : 前衛 , 2020.03
面；　公分
台語版
譯自 : Le Petit Prince

ISBN 978-957-801-904-1(平裝)

876.59　　109001415